十津川警部 姨捨《おばすて》駅の証人

西村京太郎

祥伝社文庫

目次

一期一会《いちごいちえ》の証言　5
百円貯金で殺人を　79
だまし合い　153
姨捨《おばすて》駅の証人　219

一《いち》期《ご》一《いち》会《え》の証言

1

最近の城ブームもあって、滋賀県彦根市《しがけんひこねし》にある彦根城にも、全国から多くの観光客が集まるようになった。

彦根城は、もちろん、幕末の大老、井伊直弼《いいなおすけ》が、城主だった城である。

井伊直弼は、幕末一八五八年に大老の職に就《つ》いた。大老として、井伊直弼がやったことは、二つある。

一つは、将軍の跡継《あとつ》ぎ問題がおきた時、一橋派《ひとつばしは》を排して、紀州和歌山藩主《きしゅうわかやまはんしゅ》、徳川慶福《とくがわよしとみ》を迎えたことである。これが、後の十四代将軍、家茂《いえもち》になった。

もう一つは、開国を唱《とな》え、勅許《ちょっきょ》を待たずに、日米修好通商条約を結んだ。これに反対する前水戸《みと》藩主、徳川斉昭《なりあき》以下を処罰し、安政《あんせい》の大獄を引き起こした。

このため、吉田松陰《よしだしょういん》、橋本左内《はしもとさない》ら八名が処刑され、前水戸藩主、徳川斉昭父子、越前《えちぜん》藩主、松平慶永《まつだいらよしなが》も処罰された。

一八六〇年、このことを怒った水戸・薩摩《さつま》浪士が、桜田門外《さくらだもんがい》で、井伊直弼を暗殺した。世にいう桜田門外の変である。

この時、井伊直弼、四十六歳。

井伊直弼は、桜田門外の変で有名になってしまい、いかにも、独断的で、独裁者の感じがするが、実際には諸学に通じ、特に茶道は石州《せきしゅう》流に学び、自《みずか》ら一派を立てたことでも有名である。

井伊直弼が好んだ言葉としては、茶道の心得《こころえ》として、よく知られる「一期一会《いちごいちえ》」がある。

一期一会という言葉は、茶道の心得から来ているのだが、井伊直弼も、この言葉が好きで、頼まれると一期一会と書くことが、多かったらしい。

2

彦根市内にある彦根城址には、天守閣や博物館があり、最近は、ひこにゃんが有名になり、観光客も、増えた。

そのため、ここにきて、彦根城を案内する何人かの観光ボランティアが活躍している。今泉明子《いまいずみあきこ》も、その一人だった。今年七十一歳になる。五年前に夫が病死し、娘二人は、すでに、どちらも結婚している。

明子が、七十歳になって、彦根城観光の、ボランティアに応募したのは、彼女が、歴史好きで、井伊直弼に関心があったからだが、それ以上に、何もしないでいると、ボケてしまうのではないかと、思ったからだった。

明子は、認知症にならないための講習会に出たことがあり、そこで、講師の医者が、こんな話をした。

認知症にならないためには、毎日の訓練が必要である。物事に、好奇心を持つこと、そして、漠然《ばくぜん》と物事を、見ていてはダメで、覚えようとしなくてはいけない。例《たと》えば、人に会ったら、どんな服装をしていたか、どんな歩き方をしていたか、そういうことを一つ一つ注意深く、見るだけでも、認知症の予防になると教えられたのである。

そこで、明子は、観光ボランティアになり、彦根城址を訪れる観光客を、案内しながら、その人たちの服装や人数、どんなことを、きかれたのかを、一生懸命記憶することにした。さらに、それを毎日、日記に書き留《と》めておくことにした。それが、明子の認知症にならないための、訓練だった。

明子は、このことを、誰にも話したことはない。密《ひそ》かな訓練である。

この訓練のおかげか七十代になっても前よりも物覚えがよくなったような気がしていた。

十一月五日、明子は、観光ボランティアのユニフォームを着て、彦根城の前で観光客を待っていた。

この時、明子が担当することになった観光客は、男二人、女三人のグループだった。年齢は二十代半ばから、三十代である。

そのグループは、普通の観光客に見えた。明子たちボランティアは、最初に、等身大のひこにゃんの人形の前に、観光客を連れていく。そうすると、ほとんどの観光客は「可愛い」といって、一緒に写真を撮《と》るのである。

今日の、男二人、女三人のグループも同じだった。最初に、女性たちが「可愛い」と、ひこにゃんの人形と一緒に、盛んに写真を撮っていたのである。

その後で、明子は、

「私が、みなさんをご案内します。名前は、今泉明子で、ございます」

と、胸の観光ボランティアのバッジを、五人に示した。

そこには、観光ボランティアの肩書と、今泉明子の名前が書いてある。

そして、いつものように、観光案内が、始まった。

井伊直弼の遺品が飾られている博物館では、明子は、勉強した、井伊直弼の経歴を説明した。最初は、井伊直弼の経歴を、間違えずにしゃべれるかどうか心配だったが、仕事にも慣れた今は、自信を持って、話すことができる。

(たぶん、それだけ、認知症にかかっていないのだ)

と、明子は、思うことにした。

五人を、案内し終わって、博物館の、出口まで来た時、明子は、男性二人、女性三人のグループだったはずなのに、女性が二人しかいないことに、気がついた。

「もう一人の女性の方、どうされたんでしょう？」

と、明子が、きいた。

途中で、トイレにでも行ったのかと、明子は、思ったのだが、二人の男性の片方が、

「もう一人の女性って、いったい何のことですか？」

といった。

「もう一人、女性の方が、いらっしゃったじゃありませんか？　お先に帰られたんでしょうか？」

そういった、明子に対して、女性二人のうちの一人が、口にした言葉に、明子は、びっくりした。

「私たち、最初から、女二人ですよ。もう一人なんて、いませんよ」

と、いったのである。

明子は、とっさに、相手が冗談をいっているのかと思ったので、わざとニッコリして、

「もう一人の方、いらっしゃったじゃありませんか？　ほら、帽子をかぶった方。白の、あれは、革《かわ》ですか？　そんな帽子を、かぶっていた方がいらっしゃったじゃありませんか？　私が、途中で、その帽子をお誉《ほ》めしたら、帽子が好きなんだと、おっしゃってましたよ」

ところが、今度は、男の一人が、

「おばあさん、いくつですか？」

と、きく。

「七十一歳ですけど」

「それじゃあ、少しボケが、始まってるんじゃないかな？　僕たち、最初から、男二人と女二人ですよ。五人じゃありませんよ。案内しているうちに、ほかのグループと、間違えたんじゃないの？」

「そんなことは、ありませんよ」

多少はムキになって、明子が、反論したのは、彼女が認知症を心配していたからである。

明子は、日頃から、認知症にならないように、自分なりに、一生懸命、努力しているつもりだった。

「いいえ、最初、みなさんが、いらっしゃって、私が、担当することになりましたと、自己紹介したでしょう？　その時には、間違いなく、五人いらっしゃったんですよ。今もいったように、白い帽子をかぶって、白のハーフコートを、着ていた方ですよ」

それでも、四人は、笑っていて、女性の一人が、

「そんな人、知りませんよ。誰かと間違えているんじゃありませんか？」

と、いい、男の一人は、

「おばあさん、やっぱり、ボケが始まってるんだ。絶対に、そうに違いない。ボクのおやじも六十代で、ちょっとおかしくなって、今、認知症で入院してますよ。おばあさんも、病院に行って、調べてもらったほうがいいよ」

からかうようにいった。

「そんなことありませんよ」

明子は、ムキになっていた。

しかし、そんな、いい合いをしているうちに、明子は、だんだん不安になってきた。

（ひょっとすると、もう七十一歳だから、彼らが、いうように、認知症が始まったのかもしれない）

と、思ったのである。

明子が、黙ってしまうと、四人は、

「おばあさん、よかったよ」

「また来ますよ」

「早く、病院に行って、診《み》てもらったほうがいいですよ」

口々に、勝手なことをいって、明子から離れていった。

3

明子は、心配になってきたので、その日のうちに、大学病院に行き、前に認知症についての講義を受けた医者に、診てもらうことにした。

明子の話をきいて、医者が、笑った。

「今泉さんは、その、いなくなった女性について、ちゃんと、覚えているんでしょう?」

「ええ、よく、覚えています」

「じゃあ、ここに、その女性の服装でも、顔立ちでも、覚えていることを、何でもいいから、描《か》いてみてください」

医者は、サインペンと、画用紙を、明子の前に、置いた。

明子が、一生懸命思い出しながら、描いて、それを医者に渡すと、医者は、絵をかくして、

「それじゃあ、その女性の、説明をしてください」

「今日は、寒かったので、彼女は、白い帽子をかぶり、白いハーフコートの下に、薄いブルーの、マフラーをしていました。それから、足のほうは、今流行《はや》りの、ヒョウ柄のブーツでした」

「よく覚えていますね」

「これと同じブーツを、私も、持っているんです」

明子は、笑ったが、すぐに、真顔《まがお》になって、

「それで、私、認知症に、なったんでしょうか？」

「いや、大丈夫ですよ。認知症ではありません。心配する必要は、ないですよ」

医者は、笑顔になっていた。

「でも、あの四人の若い人たちは、もう一人の女性が、一緒にいたなんてことは、ないというんですよ。その上最後には、私のことを、年寄りだから、ボケが、始まったんじゃないか、病院に行って診てもらったほうがいいなんてことまでいわれて。それで、心配になったんです。あの人たちは、どうして、あんなことを、いったんでしょうか？」

「そうですね、一通り、彦根城の中を、案内するのに、どのくらいの、時間がかかるんですか？」

医者が、きいた。

「二時間くらいですけど」

「それなら、これは、私の想像ですが、五人のグループの中で、内輪《うちわ》で、ケンカが始まったんじゃありませんかね。それで、五人目の女性が、怒って、先に、帰ってしまった。あなたが説明している間に、五人のうちの一人が、帰ってしまっても、気がつかないこと

も、あるでしょう?」

「ええ、説明している時なら、そのことに、没頭していますから、一人の方がいなくなっても気がつかないかもしれません」

「きっと、それですよ。つまらないことで、口ゲンカになって、彼女が、先に帰ってしまったので、それを、あなたに知られるのがイヤだったんじゃ、ありませんか? だから、最初から、女性は、二人だけだったといったんだと、思いますよ。いずれにしても、今泉さんは、認知症じゃありませんから、安心してください」

と、医者が、いった。

4

明子は、現在、一人住まいである。亡くなった夫の、退職金も、あり、その上明子自身も、年金をもらっている。だから、生活が苦しいということはないのだが、それでもやはり、一人でいると、どうしても、いろいろと、不安になってくることもある。特に今日は、落ち着かなかった。

「認知症じゃありませんから安心してください」

と、医者は、いってくれたのだが、それでも落ち着かない。

そこで、明子はスケッチブックを取り出すと、病院で描いたのと同じように、消えてしまった女性の服装を、もう一度、描いてみた。

明子は、少しばかり、意地になって、どんな小さなことでも、思い出そうと思った。

彼女が、携帯電話をかけていたことを、思い出し、顔の横に、小さく、携帯を描いた。

電話は、女のほうから、かけたのではなく、かかってきたのである。そのことも、明子は、横に、メモした。

電話のあった時刻は、たしか、午前十時半頃である。だから、「外から電話。十時半」と、書いた。

気がつくと、すでに、午前一時を過ぎてしまっていた。

ムキになった自分が恥ずかしかったし、バカらしくも、なってきた。たぶん、医者がいっていたように、あの五人の中で、ケンカがあって、女の一人が、腹を立てて、先に帰ってしまったのだ。

よくある話である。そんなことにムキになってしまった自分が、明子は大人げなく思えてきたのである。

明子は、布団《ふとん》に入り、明かりを消して、眠ることにした。

5

翌日の十一月六日も、明子は、元気に、彦根城に出かけた。

今日も、彦根城の人気は上々で、朝から、観光客が、たくさん集まってきている。観光バスに乗り、グループで来ている観光客が、多いのだが、十時頃、一人だけでやって来た、若い女性の観光客が、いた。

白い帽子に、白のハーフコート、薄いブルーのマフラー。それを見て、明子は、思わず、声をかけた。

「失礼ですけど、昨日も、ここにいらっしゃいましたよね？　ほかに、四人の方と一緒で、私が、ご案内したのを、覚えていらっしゃいます？」

明子の言葉に、相手は、ニッコリして、

「ええ、昨日のことですからもちろん、ちゃんと、覚えていますとも。せっかく案内していただいていたのに、途中で、急に用事ができてしまって、一人だけ先に、帰らなくちゃならなくなったんですよ。それでもう一度、彦根城を、見たくなって、東京から、戻ってきたんです」

その言葉に、明子はほっとして、

「そうだったんですか。じゃあ私がもう一度、ご案内しますよ」

といった。

たった一人の観光客を、案内するのは、観光ボランティアを、始めてから、一度か二度しかない、珍しいことだった。

明子が、女性を、案内しながら、

「私ね、昨日、あなたが、急にいなくなってしまったので、心配になって、どうしたのかしらと、お友だちにきいたら、他の四人の方が、『自分たちは最初から、四人のグループで、五人目の女性なんていない』とか、『おばあさん、ボケたんじゃないの?』とかいって、からかうんですよ」

と、いうと、相手は、

「ごめんなさい。いいお友だちなんだけど、時々、人をからかったりするんですよ。今度会ったら、気を、つけるようにいっておきますよ」

「お客さんは、東京から、いらっしゃったんですよね?」

「ええ、東京からです」

相手は、明子の胸元についている、観光ボランティアのバッジに、目をやって、

「今泉明子さんですよね」

「ええ」

「おいくつですか？」

「今年で、七十一歳になります」

「本当？　お若いわ。私の母よりずっと、お若く見えますよ。私の母は、まだ、六十五歳なんですけど、今泉さんより、ずっと老《ふ》けていますよ」

「ありがとう」

「今泉さんは、この辺に、お住まいなんですか？」

　歩きながら、女がきく。

「ええ、ずっと、彦根に住んでいます」

「こうして、案内してくださるのは、ボランティアなんでしょう？　全国から、いろいろな人が、来るから、大変なんじゃありません？」

「たしかに、大変ですけど、私は、観光ボランティアをやっていると、老け込まないような、気がするんですよ。あなたのような、若い人にも会えるし、自然に、彦根の歴史も、勉強するようになって、自分でもボケないような気がするの」

「昨日、私の連れの四人が、ウソをついて、私が、最初から、いなかったといった時には、ビックリなさったんじゃありません？」

「ビックリというよりも、自分では、まだ、ボケていないつもりなのに、あの時は、急に、自信が、なくなりました。私も、とうとう認知症になって、ボケが、始まったかと思って」

明子が、笑うと、相手も、笑って、

「本当に、ごめんなさい」

一通りの観光案内が、終わったところで、相手は明子に、昨日のお詫《わ》びに、お茶でもご馳走《ちそう》したいというので、明子は、同僚のボランティアに、断わって、近くの喫茶店に、連れていった。

コーヒーを飲み、ケーキを食べながら、明子は、その女性と、話をした。

彼女は自分の名前を、中島由美《なかじまゆみ》だと教えてくれた。

中島由美は、話好きだった。明子がきく前に、自分から現在、東京の銀行に、勤めていて、年齢は三十歳、まだ独身だといった。

「結婚のご予定はないの？」

明子が、きくと、中島由美は、ニッコリして、

「来年の秋には、結婚する予定に、なっています」

「お相手は、どんな方なの？」

「私のことを、大事にしてくれる、とても、優しい人です。ただ、少しばかり、優しすぎるのが不満といえば、不満なんですけど、でも、これって、贅沢《ぜいたく》な、悩みですよね？」

中島由美が、笑顔で話す。

「昨日、ご一緒だった方たちは、どんな、お友だちなの？」

「大学時代の、同窓生と後輩です」

と、由美が、いった。

「みなさんで、よく、旅行に行かれるのかしら？」

「そうですね、まだ、全員が独身ですし、仲がいいので、時々、一緒に出かけています。私なんか、結婚してしまったら、旅行になかなか、行けなくなると思って、今のうちに、楽しんでおくつもりで、あちこちに、出かけて、いるんです」

「うらやましいわ」

「でも、今泉さんだって、今は、お一人なんだし、元気なんだから、旅行に行こうと、思えば、どこにでも、簡単に行けるんじゃないんですか？」

「ええ、たしかに、行くと決めれば、簡単なんですけどね。少しでも、おっくうに感じたり、ボランティアの仕事が、面白かったりすると、つい行きそびれてしまうんですよ」

「旅行するとしたら、どちらに、いらっしゃりたいんですか？」

と、由美が、きく。

明子は、少し考えてから、

「そうね、今だったら、やっぱり北海道かしら」

「北海道には、まだ、行かれたことが、ないんですか？」

「今から三十年くらい前のまだ若い頃は、行きましたよ。でも、歳をとってからは、まだ一度も、行ってません。行くのは、近いところばかり」

「ここから、近いところというと、京都ですか？」

「京都には、よく、行きますよ。ここからだと日帰りもできますものね」

「京都というと、どの辺りに、行かれるんですか？」

「清水寺《きよみずでら》に行ったり、嵯峨野《さがの》に、行ったり、いろいろですよ。あなたも、京都がお好きなの？」

「ええ、大好きです。京都にも、よく行きます」

「私は、お茶を、やっているんで、京都に、行ったら、それほど、高くなくても、気に入った、茶碗を探して、少しずつ買い集めて、いるんです」

と、明子が、いった。

6

一時間近く、喫茶店で、話をしただろうか、明子にとっては、楽しい、時間だった。

これで、自分が、まだ、ボケてはいないことが、分かったし、中島由美という東京の若い女性と知り合いになり、彼女のことも気に入ったからである。

この日、自宅に帰ると、さっそく、画用紙を、取り出して、さっき別れた中島由美の顔や服装を描いていった。

自己流の、認知症の予防訓練をしているので、一時間近く、しゃべっていると、どうしても、日頃のクセが出て、細《こま》かいところまで、記憶してしまう。

7

それから、一週間がすぎた。

十一月十三日、東京・月島《つきしま》の冷凍倉庫で、若い女性の死体が、発見された。

その冷凍倉庫は、十日ごとに、責任者がカギを開けて、冷凍してある、主としてアメリカ産の、牛肉を運び出し、新しく、輸入した冷凍肉を入れることに、なっていた。

十一月十三日も、そのために、責任者が数人の社員と一緒に、冷凍倉庫の中に入り、女性の死体を、発見したのである。その冷凍倉庫の中で、死体が、見つかるというのは、冷凍倉庫を、管理している牛肉卸《おろし》業者にとっても、もちろん、初めての経験だった。

そこで、責任者が、すぐに、一一〇番し、警察が、やって来た。

冷凍倉庫の中に、入った刑事たちは、一様《いちよう》に「寒い」とか「これは酷《ひど》い」とか、いった。

冷凍倉庫の中は、常に、マイナス三十度に保たれている。そのため、死体は、体全体が、凍りついていた。

司法解剖のため、死体は、大学病院に、送られた。

その後、この事件の、指揮を執《と》ることになった警視庁捜査一課の、十津川《とつがわ》警部が、冷凍倉庫の責任者に、話をきいた。

冷凍倉庫は、暗証番号で開けることになっていた。

「この冷凍倉庫の中に、死体があったということは、つまり、誰かが、暗証番号を押して、中に、入ったということになりますが、暗証番号が漏《も》れたということは、考えられますか？」

「暗証番号は、私と、私の下にいる、部下の二人しか知りません。もちろん、私は、誰にも教えて、いませんし、部下が、誰かに教えることはあり得ませんから、こんな事態が起こってしまいますと、残念ながら、暗証番号が、盗まれていたとしか考えられません」

問題は、冷凍倉庫の中で、死んでいた女性の、死亡推定時刻である。司法解剖の結果から、死因は、ショック死と判明したものの、いつ死んだかは、判断できないと、医者が、いった。

とにかく、倉庫内は、マイナス三十度の世界である。どんな人間、あるいは、どんな生き物であろうとも、中に入れば、一時間以内に、冷凍されてしまうという。いったん冷凍されてしまうと、体の組織は、その後、まったく、変化しないから、いったい何時間、冷凍倉庫に、入っていたのか分からないというのである。

ただ、冷凍倉庫を所有している食肉業者は、十日に一回、冷凍倉庫を開け、冷凍した肉を、出し入れするのだと、証言した。

ということは、十一月十三日に開けた時、冷凍倉庫の中で、若い女性が死んでいるのを発見したから、その前に開けたのは、十日前の十一月三日ということになる。

とすると、死んだ女性が、冷凍倉庫に、放り込まれたのは、十一月三日から、十一月十三日までの十日間のうちの、いつかということに、なってくる。

被害者の身元の確認が、難航した。身分証明書とか、運転免許証、あるいは、携帯電話などを、被害者が、持っていなかったからである。

そこで、十津川は、マスコミの力を借りることにした。着ていた衣服、年齢、顔の特徴、身長など、被害者に、関する情報を、マスコミに報道してもらい、それを見た家族や友人たちからの、連絡を待つことにしたのである。

こうした場合、うまくいくと、その日のうちか、二、三日中には、有力な情報が提供されてくるのだが、今回は、その情報が、なかなか、集まらなかった。

しかし、五日後になって、意外なところから、情報が、捜査本部に、寄せられてきた。

8

十一月十八日の夕方、女性の声の電話が、捜査本部にかかってきた。

「十三日に、月島の、冷凍倉庫の中で、死んでいた女性のことなんですが、ひょっとすると、私の、知っている女性かもしれません」

電話が、女性からだったので、女性刑事の北条早苗《ほうじょうさなえ》が、応対した。

「冷凍倉庫の中で、亡くなっていた女性は、あなたの、お知り合いですか？」

早苗が単刀直入《たんとうちょくにゅう》にきいた。

「知り合いというわけではは、ありませんが、十一月五日と六日の二回、お会いしているんです」

と、相手が、いう。

「どんな、関係なんでしょうか？」

「私は、滋賀県の、彦根市で、彦根城の観光ボランティアを、やっています。十一月五日に、間違いなく、新聞に出ていた、被害者の女性の方が、お友だちと一緒に、こちらに、観光にいらっしゃったので、私が、ご案内しました。翌日の六日にも、この女性が、今度は一人で、お見えに、なったんです。その時も私が、ご案内しました」

「あなたが、彦根城で、案内したのは、本当に、冷凍倉庫の中で、死んでいた女性ですか？　間違いありませんか？」

早苗が、念を押した。

「ええ、間違いないと、思います」

「あなたが、彦根城を、案内している時、この女性と、何か、話をしましたか？」

「ええ、しました。ただ、彦根城をご案内している時の、会話ですから、それほど、深い会話じゃありませんが」

「名前は、おききに、なりましたか？」

「ええ、中島由美さんとおっしゃってました。東京に住んでいて、銀行に、勤めている。今年三十歳で、今は独身だが、来年の秋には、結婚する予定になっていると、中島さんは、おっしゃってましたよ」

早苗は、相手のいうことを、メモ用紙に書き留《と》めながら、電話をしていたが、

「殺人事件なので、警察としては、もっと、詳《くわ》しいことを知りたいのです。それで、あなたにお会いして、いろいろとお話をおききしたいのですが、どちらに行ったら、お会いできますでしょうか？」

「今申し上げたように、私は今、ボランティアで、彦根城の観光案内を、していますので、彦根城の入口のところに、いつもおります。こちらに、来ていただければ、いつで

も、お会いできます。名前は、今泉明子でございます」

9

北条早苗は、今泉明子という、彦根の女性からの電話のことをそのまま、十津川に報告した。

「亡くなった女性、たしか、中島由美といったね？　その女性は、間違いなく、十一月五日と六日の、両日、彦根に、行っているのか？」

十津川が、念を押した。

「ええ、そう、いっていました。でも、もしかしたら、電話をかけてきた女性が、勘違《かんちが》いをしているかもしれません。それで、明日、向こうに行って、確認してこようと、思っています」

と、いう早苗の言葉に、

「それなら、三田村《みたむら》刑事と一緒に行ってきたまえ。ボランティアの女性に会って、こちらで、発見された死体と、彦根城で、案内した女性が、同一人物かどうか、はっきりと、確認してくるんだ」

と、十津川が、いった。

翌日の朝早く、北条早苗刑事は、同僚の、三田村刑事と新幹線で、米原《まいばら》に向かった。米原で降りると、そこからタクシーで、彦根に向かった。

彦根の町は、静かなたたずまいの、城下町である。その市内に公園のような感じで、彦根城址が、あった。

彦根城址に近づくと、観光バスや、乗用車が、駐車場に、並んでいた。

「彦根城って、結構人気が、あるみたいね」

と、早苗が、いう。

「最近は、城ブームだし、歴史ブームでもあるからね。歴史に、興味のある人なら、城主が井伊直弼で、彼が、桜田門外で、水戸・薩摩浪士に斬《き》られて殺されたことは、よく知っているだろうし、歴史に、興味のない人でも、最近は、ひこにゃんという、キャラクターで有名だ」

三田村もいった。

彦根城の入口のところにお揃《そろ》いのユニフォーム姿のボランティアの人たちが、三人ほど、椅子に、腰を下ろしていた。

そこには、等身大の、ひこにゃん人形が置かれていて、子どもたちが、人形をなでたり一緒に写真を撮ったりしている。

「こちらに、今泉明子さんは、いらっしゃいますか？」

早苗が、声をかけた。

ユニフォーム姿の、女性の一人が、二人の刑事に向かって、

「私が、今泉明子でございます」

と、いった。

その顔を見て、早苗も三田村も、少し心配になってきた。どう見ても、かなりの、老人だからである。

それでも二人の刑事は、今泉明子に彦根城を、案内してもらいながら、話をきくことにした。

歩き出してすぐ、早苗が、

「失礼ですけど、今泉さんは、おいくつですか?」

と、きいた。

「七十一になります」

今泉明子が、答える。

「本当に、お元気ですね」

と、いったが、早苗の心配は、消えなかった。

認知症で、なくとも、六十歳、七十歳ともなれば、どうしても、記憶力が、衰えてくるものである。もし、別人のことをいっているのだとしたら、ここに来たことも、今泉明子

に会うこともまったくの無駄足になってしまう。

「あなたが、覚えている女性ですが、写真は、ありますか？」

三田村が、きいた。

「いいえ、ご案内する方の写真は、要望がなければ、撮りませんので、写真はありません。でも、家に帰ってから、絵を、描きましたよ」

明子が、いう。

「どんな絵でしょうか？」

「五日と六日に、ご案内した時に、覚えていた女性の特徴を、念のために、描き留めてみたんです」

そういって、明子は、スケッチブックを取り出して、二人の刑事に見せた。

「写真を、撮ってはいけないが、こういう絵を描くことは、構わないんですか？」

「私が、勝手に描いていますから」

「それで、どうして、この絵を、描いたんですか？」

と、三田村が、きいた。

「私自身についていえば、ボケ防止ですけど」

「それだけですか？」

「あの女の方が、ちょっと気になったこともあります」

「その点を、詳しく話してください」

「今も申し上げたように、あの女の方は、五日と六日の二回、こちらに、来られたんです。五日に来た時は、大学時代の、お友だちと一緒でした。男性二人、女性三人の、グループでした。ただ、途中で、なぜか、あの女性が、いなくなってしまったんです。後で分かったんですけど、何でも、急用ができて、途中で帰らなくては、ならなくなったんだそうですよ。それで、翌日の六日にもう一度、彦根城が見たくて、今度は、一人で、やって来たといってました。五日にグループで来た時には、彼女が帰った後、私がおばあさんなので、『全員のことを、ちゃんと、覚えているの?』と、からかわれました。私も負けん気を出して、自分の記憶力が、まだ、衰えていないことを、示そうと思って、六日に来た時には、彼女の特徴を、いろいろと覚えて家に帰ってから、彼女の絵を、描いてみたんです。これが、そうです」

と、明子が、いった。

三田村も、北条早苗も、別に、彦根城のことや、井伊直弼のことを、きくために、わざわざ、やって来たわけではない。それで、途中からは喫茶ルームに、移って、今泉明子の話を、きくことにした。

「昨日、電話で、おききしたことを、もう一度、確認したいのです」

と、早苗は、続けて、

「たしか、その女性の名前は、中島由美さん。そうでしたね？」

「ええ、そうです。こちらから、おききしたわけではありませんが、彼女のほうから、自分の名前は、中島由美だと、教えてくれたんです。現在三十歳で、東京の銀行に、勤めているとか、今は、独身だが、来年の秋には、結婚する予定になっているといった話もしてくれました。前日の五日に、お友だちと一緒に、来た時には、途中で急用ができたので帰ってしまったが、あの時に、一緒にいたのは、大学時代の同窓生や、後輩だったと、いっていましたよ」

三田村は東京から持ってきた絵を、テーブルの上に、広げた。その絵は、冷凍倉庫の中で、死んでいた女性を、絵のうまい刑事が、写生したものだった。

それを、今泉明子が、描いた絵と比《くら》べてみる。問題は、同一人かどうかである。

今泉明子が描いた絵は、あまり、うまくはないが、着ている洋服や、顔立ち、背の高さなどの特徴は、しっかりと、描き留めてあった。

「よく似ています。同一人物と考えていいかも、しれません」

と、早苗が、いった。

三田村も、うなずいた。

白い帽子に、白いハーフコート、薄いブルーのマフラー、ヒョウ柄のブーツ。服装については、まったく、同じに見える。

早苗は、今泉明子が描いた絵を、指差しながら、

「ここに、携帯電話が描いてありますが、彼女は携帯電話を、持っていたんですか？」

「ええ、持って、いらっしゃいましたよ。私が、ご案内している時に、彼女の携帯が鳴って、何か、話をしていました。小さい声でしたから、話の内容までは、分かりませんけど」

「殺人事件なので、もう一度、確認させてください」

早苗はあくまで、慎重だった。

「名前は、中島由美、年齢三十歳、東京の銀行勤務、結婚の予定はあるが、今は独身。これで、間違いないですね？」

「ええ」

「何という銀行か分かりますか？」

「いえ。そこまでは、ききませんでした。あまり根掘り葉掘りきくのは、失礼と思いましたから」

「お客さんを案内して一巡するのに、時間は、どのくらい、かかるんですか？」

三田村が、きいた。

「そうですね、普通に、回れば、だいたい二時間くらいです」

「問題の女性は、五日には、友だちと一緒にやって来て、六日には、一人で、やって来た

んですよね？　五日と六日、それぞれ、何時頃、ここに、来たんですか？」

「五日も六日も、ご案内して、戻ってきた頃に、ちょうど、お昼ご飯の時間になっていましたから、五日も六日も、午前十時頃に、来られたはずです」

「五日も六日も、午前十時頃やって来て、あなたが、二時間ほど、案内した。そのうち、六日のほうは、一人で、やって来たんですね？」

　三田村が、きく。

「ええ、六日は、一人で、来られましたよ」

「中島由美という名前や、銀行で、働いているということなどは、仲間と、一緒に来た時ではなく、翌日一人で来た六日の日に、話したんですね？」

「ええ、そうです」

「中島由美さんとは、案内しながら、いろいろお話をされたんですか？」

　今度は、早苗が、きいた。

「いいえ。六日にご案内が終わった後、中島由美さんが、この近くで、お茶でも、飲みながら、お話ししたいというので、一緒に、近くの喫茶店に、行ったのです。そこで、中島由美という名前を、教えてくれたり、年齢や仕事のことなども、お話しになったんですよ」

「今回のように、案内が、終わってから、お客さんと一緒に、喫茶店に行って、お茶を飲むというのは、よくある、ことなんですか?」

「いいえ、ほとんど、ありません」

「それなのに、どうして、今回は、中島由美さんと、お茶を飲んだんですか?」

「たいていのお客さんは、観光バスでいらっしゃる、グループの方ですからね。案内が、終われば、バスに乗って、帰ってしまいます。六日の中島由美さんはバスではなく、一人でいらっしゃっていて、前の日のお詫びに、お茶でも飲みながら、お話ししましょうかということに、なったんですよ」

二人の刑事は、話を、きき終わって、明子に礼をいって、帰ろうとした。

別れる時、明子は、

「さっき、見せていただいた、殺された女性の似顔絵ですが、いただけませんか? コピーでも構いませんが」

と、いった。

「今泉さんは、どうして、被害者の似顔絵がほしいんですか?」

早苗が、きく。

「実は私、訓練を、しているんです」

「訓練?」

「認知症の問題で、お医者さんに、話をきいたことがあるんです。日頃から訓練をすれば、認知症の発症を、防ぐことができる。その訓練というのは、何かを見たら、一応、覚えておいて、それを手帳に書き留める癖《くせ》をつけておくと、認知症の予防になる。お医者さんに、そう、いわれたもので皆さんをご案内しながら、その方の服装などをスケッチしたり、言葉で覚える訓練をしているんです。自分の、描いた絵と、くらべさせてください」

明子のその言葉に、若い三田村は、笑顔になった。

「ええ、いいですよ。それなら、この近くのコンビニで、コピーしてそれを、差し上げますよ」

10

三田村と北条早苗の二人は、捜査本部に、戻った。

二人は、今泉明子にもらった、中島由美の絵を、十津川に見せた。

「これが、彦根城案内のボランティアの女性が描いた問題の女性の、絵です。ボランティアの女性は、認知症に、ならないための予防として、日頃から、訓練としてお客のスケッチをしているそうです」

「認知症予防の訓練か？」

「自分が案内をしたお客さんが、どんな、洋服を着ていたかとか、どんなデザインの靴を、履いていたかとか、そうした、細かいことまで覚えておいて、仕事が終わった後、それを絵に描く。それを、やることによって、認知症になるのを防げると、医者に、いわれたそうです」

「かなりの年齢の女性だそうじゃないか？」

「七十一歳の女性でした」

「大丈夫なのか？」

「最初は、七十一歳だときいて、ちょっと不安になりました。認知症ではないとしても、人間、歳を取ってくると、どうしても、物忘れが激しくなります。自分が、案内した女性について、しっかり、覚えているだろうかと、心配になりました」

「それで話をしているうちに、信頼できると、思ったのかね？」

「完全にではありませんが、七十一歳でも、かなり、しっかりしているから、間違いはないだろうと、そう思うようになっていました」

　早苗が、いい、三田村も、

「彼女がメモした中島由美という名前や、三十歳という年齢、それから、銀行に勤めているということとか、独身であるということは、信用しても、いいのではないかと、思います」

「では、東京中の、銀行を、片《かた》っ端《ぱし》から、当たってみようじゃないか？　中島由美という名前の、銀行員がいるかどうかを知りたいんだ」

しかし十津川は、部下の刑事たちに、指示を出しながらも、どこかで、首を、かしげていた。

（彦根城を案内する、ボランティアが、中島由美という名前や、三十歳という年齢、それに、東京の銀行に、勤めているということまで知っているのに、新聞やテレビで呼びかけた時、友人や知人、家族などが、警察やマスコミに、どうして、情報を、提供してこなかったのだろう？）

11

今泉明子の証言によって、殺された女の名前が、中島由美であることが分かり、その中島由美が勤めていた銀行の名前も分かったことで、捜査は、一挙に、進展することとなった。

中島由美の勤務する銀行では、無断欠勤が、続いているので、実家と連絡を取り合って、捜索願を、出そうとする、ところだったらしい。

中島由美の周《まわ》りにいる男女の名前も浮かんできた。彼女が、来年の秋に結婚することになっていたという相手の名前も判明した。

近藤正志《こんどうまさし》という、三十二歳の青年である。若いが、RK不動産の営業部長である。

十津川たちは、まず、近藤正志に会って、話を、きくことにした。

背の高い、明るい感じのいい青年だった。

十津川は、新聞やテレビなどのマスコミを通じて、広く、情報を求めたのに、その時に、どうして、警察に連絡してこなかったのかと質問した。

「中島由美さんは、あなたのいいなずけだった人でしょう？　それなのに、どうして、冷凍倉庫で死んでいた女性が、中島由美さんだと、気がつかなかったんですか？」

「実は、社長から、不動産の勉強をして来いといわれて、十一月六日から、アメリカに行っていたんですよ。帰ってきてから彼女のことを、知りましてね。それで、新聞に事件のことが、載《の》っていたことも、全く知らなかったわけで、こんなことになるんだったら、アメリカ行きを、断わるんだったと思っています」

と、近藤は、殊勝《しゅしょう》な顔で、いった。

刑事たちが、すぐ近藤正志が働いているRK不動産に、電話をして、アメリカ行きが本当かどうかを、確かめると、間違いなく、十一月六日から十日間、アメリカに行っていたことが、判明した。

これで、近藤正志には、今回の殺人について、アリバイがあることが、証明された。

今泉明子の証言によって、殺された中島由美が、十一月六日まで、生きていたことは、紛《まぎ》れもない、事実だったからである。

近藤正志は、十一月六日、成田《なりた》空港発午前十時三十分の、アメリカン航空で、ニューヨークに向かっていた。ちょうどその頃中島由美は、一人で、滋賀県に行き、観光ボランティアの、今泉明子と一緒に、彦根城を見て回っていたことになるからである。

十一月五日のことも、はっきり分かってきた。

この日、中島由美と、近藤正志、それに、大学の同窓生、後輩たち、全部で五人が、彦根城を見に行っていた。由美、近藤以外の三人の名前も、刑事たちが調べてきた。

河野《こうの》みどり、三十歳。大学で、中島由美と同窓だった。

岩本恵《いわもとめぐみ》、二十五歳。大学の後輩。

小杉勝《こすぎまさる》、三十歳。彼も、大学時代の同窓生だった。

五人は、全員が、東京に住んでいるというわけではなかった。中島由美、近藤正志、そして、河野みどりの三人は、東京に住んでいたが、小杉勝は大阪、後輩の岩本恵は、京都である。

小杉勝が、会社の都合で、タイのバンコクに行くことになり、十一月五日に、久しぶりに五人で会おうじゃないかということになった。

小杉勝が、昔からお城のマニアで、もう一度、彦根城を見てから、タイに行きたいというので、十一月五日に、彦根城を、見に行ったという。

小杉勝は、今回の事件が、公《おおや》けになると、わざわざ、タイから戻ってきて、警察の質問に答えてくれた。

「十一月五日ですが、中島由美と近藤正志さんが、何か、口ゲンカのようなことをしていましたね。小声だったので、気がつかないヤツもいたけど、中島由美は怒って、途中で、一人で、帰ってしまったんです」

と、小杉が、証言した。

京都に住む岩本恵は、五人の中で、大学の後輩に当たるのだが、中島由美と、近藤正志が、口ゲンカをしていたことには、全く、気がつかなかったと、いった。

「中島由美さんが、突然、何もいわずに、いなくなってしまったので、ビックリしました。そうしたら、近藤さんが、彼女は、急用を、思い出したので、先に帰るといって、一人で、帰ったと、教えてくれました。口ゲンカがあったなんて、全然気がつきませんでした」

岩本恵は、五日に、京都へ帰り、そのあとは、毎日、仕事に出ていた。

東京に住む河野みどりは、女優だった。

とはいっても、いくつかのテレビドラマに出演してはいるのだが、主役ではない、単なる脇役に、すぎなかった。それで、河野みどりという名前が、十津川の記憶になかったのである。

「テレビに出ているといっても、その他大勢の一人ですから」

と、いって、河野みどりは、笑った。

「あなたは、十一月の五日に、中島由美さんたちと一緒に、彦根城を見に行きましたね？」

十津川は確認するように、きいた。

「ええ、十一月五日は、小杉さんが、会社の都合で、タイに行くことになったというので、仲間たちが、集まって、彦根に、行ったんです。小杉さんが、彦根城を、見たいというので。案内をしてくださった、高齢の女性の方は、観光ボランティアの方でした。お年寄りでしたけど、とてもお元気でした。お城を見ている途中で、中島由美さんと、近藤さんが、口ゲンカをしていたのは、知っていますよ。でも、あんなのは、ケンカじゃありませんね。何ていうのかしら、二人で、いちゃついているとでもいったらいいのか、微笑《ほほえ》ましくて、うらやましかったですよ」

「中島由美さんが、先に帰った後、観光ボランティアの女性に、最初から、四人だったと、いったそうですね」

「ほんの、冗談でした。それに、小杉さんと恵さんも、合わせてくれて。あの人、気を悪くしたのかしら」

みどりは、笑いながらいう。

「あなたは、美人だから、恋人がいるんでしょう?」

横から、亀井《かめい》が、きいた。

「私は今、女優として、有名になりたいんです。恋愛は、有名になってから、ゆっくりするつもりです」

みどりが、また、笑った。

「中島由美さんが、月島の冷凍倉庫の中で死体となって発見された時、新聞やテレビに情報提供を、求めたのですが、あなたから情報が来ませんでしたね?」

少しばかりとがめる感じで、十津川が、きくと、みどりは、

「その時テレビドラマの仕事で、北海道へロケに行っていたんです。監督さんが、演出に凝《こ》った人で、北海道の原野の中に、わざわざ村を作って、そこに、全員で泊まり込んで、撮っていましたから、その間、新聞もテレビも、見ていませんでした。東京で、あんな事件があったなんて、全く知らなかったんです」

みどりはいうのである。

その件も、十津川は、テレビ局に連絡し、一応、確認してみた。

間違いなく、河野みどりは、新聞で、呼びかけた十一月十四日には、早朝から、北海道の日高《ひだか》で、テレビドラマの撮影のスタッフや、俳優たちと一緒にいたことが分かった。

12

捜査本部の黒板には四人の名前が、書いてある。

近藤正志
河野みどり
小杉勝
岩本恵

この四人の名前である。

そして、少し離れたところに、

中島由美、三十歳、被害者　十一月七日以降に冷凍倉庫内で死亡

「今のところ、この四人全員に、アリバイがあります」

十津川が、捜査本部長の三上《みかみ》に、いった。

「ここに名前の書かれた、四人以外に、中島由美と、親しく付き合っていた人間は、いないのかね？」

「大学を卒業してからも、中島由美と付き合っていたのは、この四人だけです。銀行の仕事は忙しくて、友だちが、少なかったようです。中島由美の両親は、群馬《ぐんま》県の高崎《たかさき》に住んでいますが、中島由美が、東京で一人で生活するようになってからは、ほとんど会うこともなくなった。母親のほうは、そういって、嘆《なげ》いていました。それで、勤めている銀行から、無断欠勤が続いていると、連絡があっても、驚くばかりで、どうしていいか分からなかったようです」

「君は、この四人の中に、犯人がいると思っていたのかね？」

「思っていました。この四人以外に、犯人はいないだろうと、考えていたのですが、全員に、アリバイがあって、少しばかり、落胆しています」

「しかし、この四人のアリバイは、彦根城の観光ボランティアをやっている、女性の証言によるものだろう？　何といったかね、そのボランティアの女性は？」

「今泉明子、七十一歳です」

「こんなことをいうと、失礼になるかもしれないが、七十歳を過ぎた老人なら、証言にあやふやなところが、あるんじゃないのかね？　彼女の証言は、本当に、信用できるのかね？」

三上がきく。

「私も最初、その点を、心配しました。いくら元気に、ボランティアを、やっているといっても、七十一歳ですからね。しかし、今泉明子に会いに行った、三田村刑事と、北条早苗刑事の話をきく限りでは、この女性の証言は、信用できると思います。医者は、認知症の兆候は、全くないといっているようですし、今泉明子自身も、医者から、訓練次第で認知症を予防することが、できるといわれて、彦根城の、案内をしながら、いちいち、その日にあったことを、思い出して、メモしているそうです。ですから、記憶力のほうは、大丈夫ではないかと、思っています」

「そうか、七十一歳ね」

と、三上は、つぶやいてから、

「君も彦根に行って、この女性に、会ってみたらどうかね？　本当に、記憶力が、しっかりしているかどうかを、君自身の目で、確かめてくるんだ。何しろ、今回の殺人事件は、この女性の証言に、かかっているんだからね」

と、三上が、いった。

13

翌日、十津川は、亀井刑事を連れて、彦根に向かった。

「三田村刑事と、北条早苗刑事の話によると、今泉明子という女性は、観光ボランティアとして、毎日、観光客を、相手にして、彦根城を案内しているんだが、一期一会をモットーにしているそうだ」

十津川が、新幹線の中で、亀井に、いった。

「一期一会という言葉は、たしか、お茶の心得の中にある、言葉じゃありませんか？」

「ああ、そうだ。利休《りきゅう》の弟子が、いった言葉らしい」

と、十津川は、言葉を続けて、

「三田村刑事たちの話では、今泉明子も、お茶をやっているらしい。彦根城の城主だった、井伊直弼は一流の茶人で、一期一会がいちばん好きな言葉だったというから、彼女も、そのつもりで、観光客と接しているらしいね。つまり観光客を、案内する時、この人とは、一生に、一度しか会えないかもしれないと思って、心を込めて、案内している。そんな話を、三田村刑事からきいたんで、七十一歳だが、その証言は、信用してもいいと、思うようになったんだ」

米原で降りて、目的地の彦根までは、車で行った。

今日も、彦根城の周辺は、たくさんの、観光客で賑《にぎ》やかである。観光バスも何台か来ているし、例のひこにゃんと、一緒に写真を撮っている子どもたちもいる。

今泉明子は、ちょうど、彦根城の中を案内している最中だったので、しばらく待ってから、十津川たちは、彼女に会うことができた。

自己紹介をした後、東京で亡くなった中島由美のことについて、お話を、ききたいというと、今泉明子は、急に、

「ここでは、何ですから、どこか、静かなところに行きましょう。そこに行ってから、お話しします」

と、いい、サッサと歩き出した。

十津川と亀井は、取りあえず、彼女の後についていった。

人の気配のない、お堀端《ほりばた》に来ると、今泉明子は、立ち止まり、十津川たちを振り返って、

「あの人は、女優さんです」

と、はっきりした口調で、いった。

十津川は、とっさに、意味が分からなくて、

「それは、誰のことを、いっているんですか？」

と、きき返した。

「私が、十一月六日に、彦根城を、ご案内した女性の方ですよ。あの方は、間違いなく女優さんです」

明子が繰り返した。

今度は、誰のことを、いっているのかはっきりしたが、その言葉を、どう、受け取ったらいいのか分からなくて、

「大事なことですから、落ち着いたところで話しませんか？」

十津川が、いった。

お堀端といっても、そこは、全くの無人というわけではなくて、時々、観光客らしい人々が、通りかかるからである。

今泉明子が、二人の刑事を案内したのは、近くの、喫茶店だった。

十津川は、コーヒーを、亀井と今泉明子は、紅茶を頼んだ。

「この喫茶店に、十一月の六日に女性をご案内して、一緒に、お茶を飲んだんですよ。ここなら、落ち着いて、お話しできると思いましてね」

と、今泉明子が、いう。

「その時、彼女は、自分は、中島由美だと、自分の名前を、いったんですね？」

「ええ、今、三十歳だとか、東京の銀行に、勤めている、来年の秋に、結婚する予定の彼

がいることも、話してくれましたよ」

「その時、前日の五日に、五人で来たのだが、途中で、急用を思い出して帰ってしまった。もう一度、彦根城を、ゆっくり見たかったので、一人でやって来た。彼女は、あなたに、そういったんですね?」

「ええ」

「その時、あなたは、何の疑いも持たずに、そのまま、彼女のいうことを、信じたわけですね?」

「ええ、もちろん。だって、彼女、別に、私に、ウソをつく必要なんてありませんものね」

と、明子が、いう。しっかりした、口調だった。

「確認したいのですが、その後、牛肉を貯蔵している冷凍倉庫の中で、若い女性の死体が発見されました。身元を証明するものを何も持っていなかったので、新聞やテレビなどのマスコミに頼んで、この事件のことを、報道してもらい、情報を求めたのですが、当初、その女性についての情報は、なかなか、集まりませんでした。そのうちに、あなたからの電話がありました。新聞の報道を見て、その死体となって発見された女性が、十一月六日に、あなたが、彦根城を、案内した女性だと、気がついたんですね?」

十津川は、いちいち、相手の顔を見て話した。

「新聞に載っていた似顔絵と、服装の特徴が、私が、十一月の六日に、ご案内した中島由美さんと全く同じでしたから、間違いないと思いました。ですから、すぐ警察に電話をしました」

「ちょっと待ってください」

十津川が、慌《あわ》てて、相手を制して、

「失礼ですが、外でお会いした時は、眼鏡をかけていらっしゃいましたね。それが今は、外していらっしゃる」

「お城をご案内するときは、暗くて、階段なんかもあるんで、眼鏡をかけますけど、お仕事以外の時は外します。外すと楽なんですよ」

「それでは、十一月六日に、ここで中島由美さんに会っていた時も、眼鏡は外していたんですね？」

「ええ。もちろん」

明子は、ニッコリしているが、十津川のほうは、ますます、慌てて、

「失礼ですが、裸眼の視力はどのくらいですか？」

「〇・二ですけど」

「両眼ともですか？」

「ええ」

「お城を案内する時、お客の顔を見て案内するんですか？　それとも、飾られている甲冑《かっちゅう》や刀剣を見て説明されるんですか？」

「もちろん、甲冑や刀剣のほうを見て説明しています。間違えたら大変ですし、お客さまは、ちゃんと、きいていらっしゃいますから」

（参ったな）

と、十津川は、思った。七十一歳にしては、全く認知症の気《け》がないので、その証言は信用できると思っていたのだが、これで、視力に問題が出てしまった。別人が、中島由美と名乗っても、今泉明子には、写真や似顔絵によってそれを確認する力はないのではないのか。

「私の顔に、小さなホクロがあるんですが、分かりますか？」

試《ため》しに、十津川がきくと、明子は、眉を寄せて、

「ごめんなさい。そんな小さなものは、分かりません」

と、いった。十津川は、ますます、暗い気持ちになっていった。それでも、会話の続きの感じで、

「あなたはさっき、あの人は、女優さんだとおっしゃいましたよね？　それは、いったい、どういうことなんでしょうか？」

と、十津川が、きいた。

「どういうことかじゃなくて、あの人は、女優さんですよ。絶対に、間違いありません。私はそう思ったから、刑事さんに、いったんです」

「しかし、ここで彼女は、あなたに、自分は、銀行に勤めているといったんでしょう?」

「ええ、ここでお茶を飲んだ時にそうおっしゃいました。だから、警察にも、中島由美さんは、東京で、銀行に勤めていると、その通りに、お伝えしました」

「しかし、銀行員と女優とでは、違いますよ」

と、亀井が、いう。

「そんなこと、もちろん、私にだって、分かっています。でも、あの人は間違いなく、女優さんです」

明子は、同じ言葉を、また繰り返した。

14

十津川は、自分を落ち着かせようと、コーヒーを口に運んだ。

「これは、殺人事件の捜査ですから、間違うことは、絶対に、許されません。それで、もう一度、お尋《たず》ねしますが、十一月五日に、男女五人で彦根城を見に来たグループがあった。その五人を、あなたが、案内したんですね?」

「ええ、そうです」

「その時、案内が終わって、出口まで来てから、一人いなくなっていた。そのことにあなたは、気づいたんですね？　それで、残ったメンバーに、そのことを、きいたのですね？」

「そうです。たしか、もう一人、女性の方がいらっしゃったはずなのに、どこに行かれたんですか？　トイレですか？　と、きいたんです」

「そうしたら？」

「そうしたら、四人が口を揃えて、私たちは、最初から、四人ですよって、おっしゃるんです。でも、私は、ちゃんと、五人いたことを知っていましたから、お先に、帰ったんですかときいたら、いきなり、おばあさんは、認知症なんじゃないかとか、ボケたんじゃないかとか、そんなことをいわれて、笑われてしまいました」

「その五人目の女性が、殺された、中島由美という、三十歳の女性なんですが、その女性が、翌日の六日に、一人でまた彦根にやって来て、あなたに、もう一度、彦根城の案内を頼んだんですね？　それで、間違いありませんか？」

「ええ、その通りです。その時に、彼女は、昨日は、急用ができたので、先に帰った。残った四人が、あなたに、おばあさんだから覚えていないんじゃないかとか、認知症になったんじゃないかとかいったのは、冗談でいったので、気にしないでください。みんなには、私から、気を、つけるようにいっておきますと、いわれました」

「十一月の五日に五人で来た時ですが、その中に、中島由美さんが、いたことを、覚えていますか？　彼女の顔とか、服装とかを」

「彦根城の博物館を、ご案内して、あまり時間が、経《た》っていない時に、いなくなってしまわれたようなんですよ。ですから、顔は、はっきりとは、覚えていませんけど、服装のほうは、ぼんやりとですけど、覚えていました。白い帽子をかぶって、白いハーフコートを、着ていました。わりと目立った格好でしたから、覚えていたのです。翌日の六日に、全く同じ格好をしてこられたんで、ああ昨日の、と思いました。それから、彼女が、昨日のことを、謝《あやま》ったりしてくれたので、別に、悪い気は、しませんでした。その後、この喫茶店で、中島由美という名前だと教えてくれて、お茶を飲みながら、いろいろとお話をしました。東京の銀行に勤めているとか、昨日のほかの四人は、大学の同窓生だったり、後輩だったりするとか、それから、来年の秋に結婚する予定になっているということも、その時に、話してくださいましたよ。その後で、あの新聞記事を、読んだので、慌《あわ》てて電話をしたのです。そうしたら、警視庁から、二人の刑事さんが、こちらに見えて、もう一度、詳しいお話をしました」

と、明子が、いった。

「そこまでは、よく分かりました」

と、十津川は、いってから、

「分からないのは、今日、お会いするなり、あなたがいきなり、あの人は、女優さんだといわれたことですよ。あれはどういう意味なんですか？　東京の銀行に勤めていると、教えられたのでしょう？　それなのに、今日は、どうして、あの人は女優さんだとおっしゃるんですか？」

「よく考えてみたら、あの人は、女優さんだから、女優さんだと、私は、そういいました」

「ここで、話している時に、女優だと気づいたんですか？」

「ええ」

「その時は、今と同じで、眼鏡は外していた？」

「ええ」

「さっきは、私の顔のホクロは、見えないと、おっしゃった？」

「ええ。そんな小さなものは、見えません」

「それでよく、相手が女優と分かりましたね？」

「分かったんです」

と、明子が、繰り返す。なぜ分かったのかいわないので、十津川は、やはり疑心暗鬼《ぎしんあんき》で、

「実は、中島由美さんを交えた五人の仲間で、十一月五日に彦根城に、来たんですが、その中に一人、本物の、女優がいるんです。河野みどりという名前なんですが、まだその他大勢の、無名に近い、女優さんです。この人は、殺された、中島由美さんと、大学が同窓です。今泉さんは、この河野みどりさんという女優さんをご存じですか？」

「いいえ」

「お知り合いの中に、女優さんが、いらっしゃいますか？」

と、亀井が、きいた。

「いいえ」

と、今泉明子が、あっさりと否定する。

「女優さんとのお付き合いは、ないんですね？」

「ええ、付き合いといったようなものはございません」

「あなたの好きな女優さんは、いますか？」

「いいえ、特には、おりません。でも、今年の春頃、彦根城を、舞台にしたテレビドラマの撮影が、お城で、行なわれたんです。彦根城のお殿様、井伊直弼さんを、主人公にした二時間のドラマでした。俳優さんもスタッフの方も、たくさん、こちらに、いらっしゃって、撮影が行なわれたんですけど、撮影の合間に、テントの中で、お休みしている時、私たちボランティアの人間が、お茶をお運びしたり、ちょっとした、お話し相手をしたりもしました。その時の女優さんのことは覚えているんです」

「その中に、河野みどりという、女優がいたんじゃないでしょうね？」

「そういう方は、いませんでしたけど、女優さんというのは、ああ、こういうことを、するのかと勉強になりました。それを忘れていたんですけど、ここに来て、急に、思い出したんです。ですから、十一月六日に一人で、いらっしゃって、私が、彦根城を、ご案内したり、この喫茶店で一緒に、お茶を飲みながらお話しした方は、間違いなく、女優さんです」

明子の言葉は、自信にあふれている。

「どうして、あなたは、そう、思ったんですか？」

「だって、クセが、同じだったんですよ」

「クセ？　あなたが、女優だと思ったクセというのは、どんなものでしたか？」

十津川は、少しだが、明子の言葉に関心を持ち直していた。

「今お話しした、今年の春のロケですけど、テントの中で、お休みになっていらっしゃる時、女優さんって、私と話している時でも、時々、ちらっと、小さな手鏡を、取り出して、自分の顔を見ているのです。普通の人なら、そんなことは絶対にしないでしょう？」

「では、十一月の六日に、一人でやって来て、中島由美だと、名乗った女性も、同じことをしたんですか？」

「ええ、そうです。この喫茶店に来て、お話をしている最中にも、ちらっと、二回ほどですけど、小さな手鏡を、取り出して、自分の顔を、見ていらっしゃったんです。銀行に勤めているＯＬさんなら、そんなことはしないと、思うんですよ。ですからあの人は、間違いなく、女優さんです」

と、また、きっぱりとした口調で、今泉明子が、いった。

15

十津川は、迷った。目の前にいる今泉明子の言葉を信じていいものかどうかをである。何しろ、裸眼が、両方とも、〇・二なのだ。

「あなたは、認知症にならないように、毎日のように、自己流の訓練をしているそうですね？　例えば、その日に会った人の特徴を、ノートにメモしたりして」

「ええ、毎日、訓練しています」

「今年の春に、彦根城で、テレビドラマの撮影があった。テントの中で休んでいる俳優さんたちに、お茶の接待をした。俳優と会話もした。その日のことも、きちんと、いつものように、訓練して書き留めていたんですか？」

「ええ、もちろん、俳優さんの名前もクセも、それから、お話ししたような内容も、全部メモしておきました。そのことを思い出して、手帳を、取り出してみてみたら、ちゃんと書いてあったので、私は、まだ認知症じゃないと思って、安心しました」

そういって、明子は、ニッコリした。

「今、あなたは、大変大事なことを証言されました。そのことは、お分かりですね？」

「ええ、分かりますよ」

「念のために、説明しますが、今回の事件で殺されたのは、中島由美という三十歳の女性で、銀行に勤めていました。容疑者は、彼女と付き合いのある、二人の女性と、二人の男性ということになりました。先日、あなたから電話があり、こちらを、二人の刑事が訪ねて、あなたの証言を、ききました。その時あなたは、こう証言された。十一月六日に、中島由美という女性が、一人で、やって来たので、自分が彦根城を案内した。その後、この店に来て、いろいろと話をした。その時に、女性は、中島由美と名乗り、三十歳で、銀行に勤めていて、来年の秋に結婚する予定があるといった。いいですか、だとすると、十一月六日には、中島由美は、まだ、生きていたことになるんですよ。ところが、今、あなたは、あれは、女優さんだったといった。もし、その証言が正しいとすると、十一月六日に、ここに来たのは、中島由美を、名乗ってはいるが、本人ではなくて、中島由美に化けた女優の、河野みどりということになってくるんです。それも、分かりますね？」

「ええ、もちろん、分かります。ですから、今日は、本当のことを、申し上げたんです。

あれは、女優さんです」

と、明子が、繰り返した。

「今、われわれに話したことを、誰かに、話しましたか?」

「いいえ、誰にも話していません」

「では、今度の事件が解決するまで、このことは、誰にもいわないでおいてください。もし、誰かに話してしまうと、あなたが、危険な目に遭《あ》うかもしれませんから」

十津川は、念を押した。

そのあとで、まだ、不安なので、小さな実験をした。

十津川は、内ポケットから、名刺入れを取り出した。それを、わざと、少し離れた場所から、明子に見せた。

「これが見えますか?」

「もちろん、見えますよ」

「何だか分かりますか?」

「たぶん――名刺入れでしょう? 違います?」

「色も分かりますか?」

「茶色。ちょっと、汚い茶色」

「オーケイです。あなたに賭《か》けますよ」

と、十津川は、いった。

16

十津川と亀井は、東京に戻ると、すぐ捜査会議を、開いてもらった。

十津川が、三上本部長に、事件について、自分の考えを、説明した。

「今まで、殺された中島由美が、十一月六日まで、生きていたと、考えていました。ところが、今回の今泉明子の証言によって、十一月六日に、彼女が会っていたのは、中島由美ではなくて、河野みどりだった可能性が、大きくなってきました。つまり、中島由美は、十一月六日には、すでに、殺されていた可能性が出てきました。そこで、彼女が、来年の秋に結婚することになっていた近藤正志、三十二歳の容疑が濃くなってきたのでいろいろと調べてみました。一応、中島由美と近藤正志とは、来年の秋には、結婚する予定になっていたようですが、最近になって、二人の関係が、どうやら、うまく、いかなくなっていたらしいという証言を、手に入れました。何でも、近藤正志には、かなりの借金があり、銀行勤めの中島由美が、その、保証人になっていました。ところが、返せない。それで彼女は、ヘタをすると、銀行を辞《や》めなくては、ならなくなるかもしれないということで、彼女は、そのことを、怒っていたようなのです。また、近藤正志は、女優の河野みどりと、関係があったという証言もあります。どうやら、近藤正志という男は金にも女にもだらしがないようです。十一月五日に、五人で彦根に行った時も、彦根城を案内されながら、近藤正志と中島由美が、ロゲンカをしていたという証言も、ありますが、これもおそらく、二人の仲が、破局に近づいていたことの、表われかもしれません。これから先は、私の勝手な想像になりますが、近藤正志は、中島由美を、先に帰らせて、その後、借金の一部を、返すからとでもいって、彼女をどこかに待たせておいたのではないでしょうか? そして、あとから追いつき彼女を殺しました。その日のうちに、東京まで車で、運び、例の冷凍倉庫の中に、押し込んだのではないかと、推測されます。それでは、近藤正志の、アリバイはなくなってしまいます。彼がアメリカに行ったのは、六日の朝、成田発、一時三十分の飛行機ですから、それまで中島由美は生きている必要があります。そこで、六日に、女優の河野みどりが、中島由美と全く同じ服装をして、観光ボランティアの、今泉明子に、会いに、出かけたわけです。昨日は、早く帰らなければならなくなったので、もう一度、彦根城を案内してもらいたいと、いったそうです。その後、近くの喫茶店に行き、コーヒーとケーキを頼んで、少しばかり、おしゃべりを、しました。その時に、中島由美だと名乗り、三十歳で、東京の銀行に勤めている。来年の秋に、結婚する予定になっていると話して、今泉明子を、信用させたのです。今泉明子は、その話を信用しました。その時眼鏡を外していて、女の顔はぼんやりとしか見えていなかったからです。さらに三田村刑事と北条早苗刑事に対して、その通りのことを、証言しました。われわれもまた、その、証言を信じたので、近藤正志や、河野みどりには、アリバイがあると思い込んで、しまいました。容疑者たちは、十一月六日の、アリバイさえあれば、自分たちが、逮捕されることはないと、確信していたのです」

「今の君の話が、正しいとしても、小さな問題が出てくるよ。例えば、その一つが、死体が隠されていた、月島の牛肉の冷凍倉庫だよ。容疑者たちは、はたして、冷凍倉庫が、月島にあり、どんな、構造になっているのかを、どうして、知っていたんだろうか？　もし、知らなければ、容疑者の近藤正志が、そんな、牛肉の冷凍倉庫、マイナス三十度の、温度に保たれている、そんな冷凍倉庫に、死体を、隠すことなんて、思いつかないだろう？」

　三上が疑問を、口にする。

「その件について、今、西本《にしもと》刑事と日下《くさか》刑事の二人が調べています」

　と、十津川が、いった。

　捜査会議が、終わるまでに、調べに行っていた二人の刑事が帰ってきて、会議で、その結果を報告した。

　西本刑事が、証言する。

「問題の、牛肉の冷凍倉庫と、近藤正志との間に関係があることが、分かりました。あの冷凍倉庫を、持っている牛肉の卸業者は、二年前に、あの場所に、冷凍倉庫を、造りましたが、その用地の売買は、近藤正志が、勤務しているＲＫ不動産が斡旋《あっせん》したものでした。その売買に立ち会ったのは、当時営業課長だった近藤正志でしたから、あそこに冷凍倉庫があることも、もちろん、知っていましたし、倉庫の説明も、きいていたと思います」

十津川は、その報告をきいて、近藤正志と、河野みどりの二人に、殺人及びその幇助《ほうじょ》と死体遺棄《いき》の容疑で、ただちに、逮捕状を請求したいと、いった。

それに対して、三上本部長は、

「それは、構わないが、後で、厄介《やっかい》なことになるぞ」

と、いう。

「それは、分かっています」

と、十津川が、いった。

逮捕状が下りて、二人を逮捕し、起訴することができた。

(ここまでは、うまくいったが、問題は、裁判になってからだな)

十津川は、そう思い、覚悟していた。

訊問《じんもん》では案《あん》の定《じょう》、近藤正志も河野みどりも、中島由美殺しを頑《かたく》なに否定し、認めようとしなかった。

自供しないままの起訴である。そして、近藤正志と、河野みどりの犯行を証明できるのは、今泉明子の証言だけなのである。

その今泉明子は、七十一歳である。当然、弁護人が、今泉明子の、証言能力を問題にしてくることは、眼に見えていた。

三上本部長が、厄介な問題が、起きるかもしれないといっていたのも、このことに、違いなかった。

問題の裁判の日、十津川と亀井は、傍聴席にいた。

今泉明子は、すでに、証人席についていた。いつもなら、傍聴席には、ほとんどいないのに、今日は、新聞記者が数人、顔を見せていた。おそらく、弁護人が、呼んだのだろう。

今日、弁護人が、証人、今泉明子の、記憶力と視力を試すつもりであることは明らかだった。

もし、今泉明子の証言に、信頼が置けないとなったら、近藤正志と河野みどりは、証拠不十分で、無罪になる可能性が出てきて、十津川たちには誤認逮捕の汚点がつくだろう。

それを期待して、新聞記者たちが、傍聴席に詰めかけてきているのだろう。

弁護人が、証人席の今泉明子に向かって、簡単な訊問をする。

「姓名をいってください」

「今泉明子です」

「今、お仕事は、何をしていらっしゃるんですか？」

「ボランティアで、彦根城の、案内をしています」

「おいくつでしょうか？」

「七十一歳です」

「あなたの証言によって、現在、被告人席にいる、近藤正志と河野みどりの二人が、殺人の主犯と、共犯ということで、起訴されていることは知っていますね？」

「知っています」

「自分の記憶力と視力に、不安を感じたことはありませんか？」

「いいえ、ありません」

「それでは、これから、あなたの記憶力と視力を試したいと思いますが、構いませんか？」

「構いません」

「これから、ここに、五人の女性に、来てもらいます。その中に一人だけ、女優さんがいます。誰が女優さんなのか、それを、当ててください。いいですね？」

弁護人が、いい、五人の若い女性が、法廷に、入ってきた。

いずれも、同年齢ぐらいで、身長も体重も、ほとんど、似通《にかよ》っている。

その五人を見て、十津川は、不安になってきた。

今泉明子は、河野みどりに、会っているうちに、彼女が、しきりに、小さな手鏡を覗《のぞ》き込んでいるのを見て、彼女が女優だと気がついたと、いっていた。

しかし、今、法廷に入ってきた五人の女性に対して、弁護人は、怪しまれるような挙動は、絶対に取らないようにと、強くいっているはずである。そうなると、はたして、今泉明子は、五人の中で、いったい誰が、女優なのかを、当てることができるだろうか？

「じっくりと見て、よく、考えてから、この五人のうちの誰が、女優さんかを当ててください」

弁護人が、意地悪そうな口調で、いった。

今泉明子は、眼鏡を取り出して、それをかけようとすると、弁護人が、手を振った。

「あなたは、喫茶店で女性と向かい合って話したのをきっかけに、相手を女優だと、断定したんですよ。その時、あなたは、眼鏡をかけていなかった。だから、ここでも、かけてはいけません」

「しかし、あの時は、彼女は、もっと近くにいましたよ」

「どのくらいの距離ですか？」

「一・五メートルから、二メートルです」

「じゃあ、今回も、それに合わせましょう」

弁護人は、巻尺を持ち出し、一・五メートルを正確に測って、その位置まで、五人の女性を並べ直した。

「さあ、あなたに有利なように、一・五メートルにしましたよ。誰が女優かいってください」

と弁護人は、いった。

五人の女性は、相変わらず無表情で、どんな小さな動きも見せない。

これで、はたして、今泉明子に、どの女性が、女優なのか分かるのだろうか？

「さあ、どうぞ」

弁護人が、意地悪く、せかせる。

緊張した空気が、法廷を、支配する。

明子が、ゆっくりと、口を開いた。

「私のほうから見て、いちばん、右端の方ですね。彼女が、女優さんです」

自信を持った口調だった。

その言葉に合わせるように、右端の女性が、裁判長に向かって、いった。

「当てられてしまいました。私が、女優です。女優の、浅川祐希《あさかわゆうき》です」

途端に、傍聴席にいた、新聞記者たちが、ドッと、飛び出していった。

17

結局、公判は、検事側の一方的な勝利に、終わった。

裁判長が、近藤正志と、河野みどりの二人に対して中島由美殺しに関して、有罪の判決を下した。

近藤正志は、中島由美殺しの主犯として、懲役十五年、河野みどりは、中島由美殺しの共犯として、懲役七年が、裁判長によって宣告された。

二人は、刑務所に送られる直前になって、中島由美殺しを、自供したと、十津川は、知らされた。

自供内容は、十津川が、だいたい想像していた通りのものだった。

近藤正志の自供。

「中島由美と、来年の秋に、結婚することになっていたのは事実です。ただ、中島由美を、たびたび怒らせたように、金銭と女にルーズだった。特に、金銭のほうは、中島由美が、働いているM銀行に口座を持っていたが、中島由美に協力させて、一千万円の借金をした」

不動産会社の営業部長でしかない近藤正志が、一千万円もの大金を、借りることができたのは、銀行で、働いている中島由美のおかげだった。

その一千万円で、近藤は日頃から欲しかったポルシェ911Sの中古車を買った。得意になって、ポルシェ911Sを運転し、時には、中島由美を乗せたりしていたのだが、銀行への返済が苦しくなった。

中島由美は、近藤正志を助けて、銀行から、一千万円の金を、融資させたのだが、それが返せないとなると、今度は、自分の責任になってしまう。

当然、由美は、近藤に、返済を強く迫った。由美は、顔を合わすたびに、返済をしてくれるようにいう。時には罵声《ばせい》を浴びせた。

そうなると、近藤も面白くなくなってくる。

その結果、近藤は、女優をしている河野みどりのほうに、気持ちが、傾いていった。由美は敏感に、それを感じとって、ケンカになる。

次第に、近藤には、中島由美という存在が面倒臭くなってきた。そんな時に友人の小杉勝が、タイに、赴任することになったといって、その小杉勝を囲んで、仲のいい友だちが、集まることになった。

会うことになったのは、前から、親しかった五人である。

中島由美

近藤正志

河野みどり
岩本恵
そして、小杉勝

の五人である。

その時、小杉が、タイに行く前に、彦根城をもう一度見たいというので、五人で、十一月五日に彦根城を、見に行った。

その時ボランティアに、案内をしてもらっている途中に、中島由美と、近藤正志が、口ゲンカを始めた。

中島由美は、近藤正志に対して、今月中に、一千万円を、返してもらえなければ、銀行に訴えられると、いった。

その時に、近藤は、中島由美に対する殺意が生まれたと、いう。

そこで、近藤は、今日百万ばかりの現金を、用意したので、後でそれを渡したい。だから、先に、ここから出て、待っていてくれといった。

そうして中島由美を先に、彦根城から、指定した場所に向かわせた。

近藤は、この時も、自慢のポルシェ９１１Ｓに、乗ってきていた。中島由美には、駐車場に駐《と》めたポルシェ９１１Ｓに乗って、待っていてくれるようにと、いった。

このあと近藤正志は、駐車場に行き、人の気配がないのを見はからって、車の中で由美を殺し、東京に向かってポルシェを走らせた。

東京に着いた時には、すでに夜になっていた。

近藤は、前から知っていた、月島の冷凍倉庫に行き、盗んでいた暗証番号で、扉を開けると、死んでいる中島由美を、マイナス三十度の冷凍倉庫の中に、押し込んで、扉を閉めた。冷凍倉庫の中なら死亡時刻をごまかせると考えたのだ。

その後、河野みどりに、電話をかけ、彼女の東京の、マンションで会った。彼女は、新幹線で帰っていた。

中島由美を、殺したことを打ち明け、何とかして、自分を、助けてくれないかと、みどりに、頼んだ。

河野みどりは、由美が六日にも生きていることにすればいいと考え、中島由美と、同じ服装をして、翌日の六日に、もう一度、彦根に行った。

背格好も、中島由美に似ている、河野みどりは、化粧で、中島由美に、似せ、彼女になりきって、ボランティアで、彦根城の案内をしている今泉明子に、会った。彼女をアリバイの証人にしようと考えたのだ。

昨日は、急用ができたので、先に帰ってしまったが、もう一度、彦根城をゆっくり見たかったので、戻ってきたと、訴えると、今泉明子は喜んで、みどり一人のために、彦根城を案内してくれた。

そこで、みどりは、昨日のお詫びに、近くの喫茶店でコーヒーを飲み、ケーキを食べながら、自分は中島由美という名前であること、銀行員であることなども今泉明子に伝えて、東京に戻った。

その日の朝、近藤は、アメリカに出かけたから、これで、アリバイは完全になったと、みどりは思った。

近藤正志にも河野みどりにも、全てが、うまくいくように見えた。今泉明子の証言で、アリバイは、証明されたし、警察も、今泉明子の証言を信用したように見えた。

ところが、突然、今泉明子が、十一月六日に会ったのは、女優だと、いい出した。女優というと、関係者の中に、河野みどりしかいない。

今泉明子の、七十一歳にしては、しっかりした記憶力、それを、利用して、近藤正志のアリバイを、作ったのだが、今度は、警察が、今泉明子の証言を信用して、近藤正志と河野みどりを、中島由美殺しの容疑で逮捕してしまったのである。

「今になってみると、今泉明子の、記憶力、判断力を、信用して、アリバイを作ったのが失敗でした」

近藤正志も、河野みどりも陳述書に、そう記入した。

「これで、やっと、この事件も終わりになりましたね」

と亀井が、いった。

それに対して、終わったんだが、十津川は、

「たしかに、終わったんだが、まだ一つ、解けない謎がある」

「分かりますよ。法廷での、今泉明子の証言でしょう？　弁護人が、法廷に若い女性を五人並べて、この中の誰が女優か、当ててみてくださいといった時、今泉明子は、簡単に女優を、当ててしまいました。警部には、そのことが不思議なんじゃありませんか？」

「そうなんだよ。どうして当てることができたのか、今でも、分からない。中島由美に化けた、河野みどりが、今泉明子のことを、利用しようとして会ったが、今泉明子のほうは、彼女が、中島由美ではなくて、女優だと見破った。なぜ、女優だと分かったのかと、私が、きいたら、今泉明子は、普通の女性なら、話をしていて、ちらちらと、手鏡を見たりはしない。それを相手が二回もしたのは彼女が女優だからだといった。たしかに、理屈は、合っているんだ。しかし、今回の法廷では、五人の誰も、手鏡を、見たりはしていなかった。それなのに、どうして、いちばん、右端の女性が女優だと分かったのか、不思議で仕方がない」

「どうします？　今泉明子に、電話で、きいてみますか？」

「いや、次の非番の時に、一緒に、今泉明子に会いに行き、できれば、彦根城の中を、案内してもらおうじゃないか？」

18

一週間後に、非番を利用して、十津川と亀井は、彦根に、向かった。

この日も、今泉明子は、ボランティアで、彦根城の観光案内を、していた。

二人は、彼女に彦根城内を案内してもらいながら、

「一つ、どうしても、おききしたいことがあるんですがね」

と、十津川が、いった。

明子が、ニッコリする。

「警部さんが、おききになりたいのは、法廷でのことでしょう？　どうして、私が、あの五人の中から、女優さんを、当てることができたのかということでしょう？」

「そうですよ」

「あれは、幸運でした」

「幸運というと？」

「前に、刑事さんに、お話ししたじゃありませんか？　この彦根城を舞台にして、井伊直弼のテレビドラマの撮影があったって。その時に、私たちは、俳優さんたちや、スタッフの方たちに、お茶をお出ししたり、お話をしたりしました。その時、腰元役の、女優さん

が何人か、いました。彼女たちとは、ゆっくりお話をする機会は、なかったんですけど、その中の一人が気に入ったので、短時間でしたけど、お話を、しました。先日、法廷で会った五人の中の一人が、その女優さんだったんですよ。あの時は、その幸運に、感謝しました」

「そうすると、単なる偶然で、あなたのしっかりとした記憶力とは、全く、関係がないんですか?」

「そんなことは、ありませんよ。私が、この彦根城を舞台にしたテレビドラマの撮影のことを、しっかりと覚えていなかったり、認知症になっていたりしたら、先日の法廷で、誰が女優さんか答えられませんでしたよ。だから、幸運といえば、幸運でしたけど、別のい い方をすれば、私の記憶力が、しっかりしていたから、助かったんです。だから、二重に嬉《うれ》しかったんですよ」

と、今泉明子が、いった。

百円貯金で殺人を

1

三月に入ったのに、寒い日が何日も続いていたのだが、この日、二十四日は、やっと春らしい一日になった。夕方になっても、昼間の暖かさが、残っている感じだった。

小田原《おだわら》警察署湯河原《ゆがわら》交番の、花井《はない》巡査長は、JR湯河原駅と、海岸沿いを走る国道一三五号線の間にある道路上に、不審な軽自動車が、何時間も前から停《と》まったままでいることに気がついて、自転車から、降りると、運転席を覗《のぞ》き込んだ。

薄暗い運転席に、女性が、うつぶせに倒れているのが見えた。

花井巡査長は、更に確かめようと懐中電灯をつけた。

今度は、はっきりと、二十代の若い女性が倒れているのが見えた。

運転席のガラス窓を叩いてみたが、女性が、起き上がる気配がない。

そのうちに、その女性の、こめかみのあたりに、血がにじんでいるのが、分かり、花井巡査長は、慌《あわ》てて消防署と交番に電話をかけた。

駆けつけた救急車の救急隊員が降りてきて、軽自動車の中に倒れている、若い女性を調べたが、すでに、死亡していることを、確認するだけになってしまった。頭部を数回殴られていることも分かった。明らかに殺人である。

神奈川県警のパトカーと鑑識がやって来た。

車内で死んでいた若い女性は、持っていた運転免許証から、金子真由美《かねこまゆみ》、二十四歳と、分かった。

県警が調べたところ、被害者の女性は、背後から重い鈍器、おそらく、鉄パイプのようなもので、殴られたのだろうと、推測された。

それも、一度だけではなく、何度か頭部を殴られたため、頭蓋骨《ずがいこつ》が、陥没していた。

被害者、金子真由美の死体は、直《ただ》ちに、小田原警察署に運ばれ、捜査本部が設置された。

運転免許証にあった住所は、東京都世田谷《せたがや》区内の、マンションになっている。乗っていた軽自動車の、ナンバーも、品川《しながわ》ナンバーだった。

この事件を、担当することになった神奈川県警の及川《おいかわ》警部は、被害者のものと思われるハンドバッグの中に、財布やハンカチ、簡単な、化粧道具と一緒に、三冊の郵便局の貯金通帳が、入っているのを発見した。

三冊とも自宅近くの郵便局が発行したもので、神奈川県内湯河原周辺の三つの郵便局で、今日三月二十四日の日付で、百円ずつ貯金していることが分かった。

「それは、局メグといって、日本じゅうの郵便局をまわって、百円ずつ貯金をして、通帳に印字してもらうという、郵便局巡りのマニアが、結構いるんですよ。最近、ちょっとしたブームになっていると聞いています」

若い二宮《にのみや》刑事が少しばかり得意げに、及川に、いった。

「郵便局をまわって、百円ずつ貯金して歩くマニアがいるのか?」

「そうです。私の友だちにも一人いますよ。たしか、日本全国には、二万局以上の郵便局が、あるそうで、それを、まわって百円ずつ貯金をして、貯金通帳への記帳を集めるんですが、その二万局以上の郵便局を全国制覇するのが楽しいんだそうです」

二宮刑事の言葉を、裏付けるように、被害者の、財布の中には、六千円のお札のほかに、百円玉が、十二枚入っていた。多めに百円玉があるのは、百円貯金するために、用意していたものと思われる。

(おそらく、殺されていなければ、明日も郵便局まわりをするつもりだったのだろう)

と、及川は、思った。

2

神奈川県警からの要請を受けて、警視庁捜査一課の三田村《みたむら》刑事と、北条早苗《ほうじようさなえ》刑事の二人が、翌日の二十五日、世田谷区内の、被害者のマンションを訪ねていった。世田谷区世田谷四丁目にある八階建のマンションである。

その最上階に、捜査要請のあった金子真由美が、住んでいた。

管理人に案内してもらって、二人は、2DKの部屋に入った。

部屋の中を見ると、一人住まいの感じはなかった。そのことを、北条早苗が、管理人にいうと、

「ええ、ここには、お二人で住んでいました」

と、いう。

「男性と二人ですか？」

「いえ、男性ではなくて、年上の、女性の方と一緒です」

「それで、その年上の女性というのは、どんな人ですか？」

三田村が、きいた。

「そういえば、最近は、姿を、お見かけしないですね」

「何という名前ですか？」

「たしか、戸田《とだ》さん、戸田加奈《かな》さんと、聞いています」

管理人が、いった。

二人の刑事は、部屋の中を調べた。

衣裳ダンスには、明らかに、二人分の洋服や靴などが入っている。同居していたという、戸田加奈という女性の、写真を手に入れたかったのだが、机や三面鏡の引き出しをい

くら調べても、その女性と思われる写真は、見つからなかった。

もう一つ、二人の刑事が、見つけたいと思ったのは、郵便局の、貯金通帳である。

神奈川県警からの、連絡によれば、殺された金子真由美という女性は、百円を貯金した湯河原周辺の郵便局の記帳のある、通帳を持っていたという。もし、彼女が、局メグというマニアならば、ほかにも、何冊かの貯金通帳を、持っているに違いないと、考えたのだ。

しかし、なぜか、部屋の中からは、一冊も見つからなかった。

どこかに、保管しているのか、それとも、同居していたという、戸田加奈という女性が、持ち去って、しまったのか？　あるいはまた、局メグのマニアというのはウソなのか。

写真が、一枚も、見つからないので、二人の刑事は、マンションの管理人に、協力してもらって、とりあえず、戸田加奈という女性の、似顔絵を作ることにした。

似顔絵を描きながら、北条早苗刑事が、管理人に、きいた。

「この二人は、最初から、同居していたんですか？」

「いえ、最初は、金子さんが一人で、この部屋を、お借りになったのです。一年半くらい前です。今年になってから、戸田さんが同居するようになったんです」

「亡くなった金子さんが、どんな仕事をしていたのか、分かりますか？　勤めていた会社でも分かればありがたいんですが」

「それは、聞いたことが、ありませんので、私には、よく分かりません」

「戸田さんのほうは、どうですか？」

「それも、分かりません。あのお二人とは、それほど、ゆっくり話をしたことが、ないんです」

「二人は、時々、旅行に出かけたりはしていませんでしたか？」

「そういえば、お二人で車に乗って、時々、お出かけになっていらっしゃいましたよ。と、いっても今年になってからですが。土日ではなくて、なぜかウィークデイでしたね」

管理人が、いった。

二人が、ウィークデイに、出かけていたということで、二人の刑事は、うなずいた。たぶん、二人とも、全国の、郵便局をまわっていたのだろう。郵便局は、土日が休みだから、百円貯金をするためには、郵便局が開いているウィークデイに行かなければならないからである。

似顔絵ができ上がった。

裏に、北条早苗刑事が、管理人の証言を書き加えた。身長は、百七十センチぐらいで、体重六十キロくらいだろうという。女性としては、かなり、大柄のほうだろう。

「どんな旅行か、二人が話しているのを聞いたことがありますか？」

と、三田村が、きいた。

「話を聞いたことがあるんですが、ただ、旅行が好きということだけしか、二人は、話しませんでしたね。二回か三回、旅先からのお土産《みやげ》をもらったことがありますよ」

と、管理人が、いった。

更に詳しくきくと、二人が、旅行に行くようになったのは、戸田加奈が、同居するようになってからで、金子真由美が、一人で住んでいた時には、ほとんど旅行に行くことは、なかったといった。

3

三月二十五日、神奈川県警では、被害者が持っていた通帳に記帳されていた三つの郵便局に、刑事を行かせて話をきいた。

二つの郵便局では、たしかに、三月二十四日に、金子真由美という女性が、やって来て、百円を貯金したと、答えた。

「その時、同じ時間に、もう一人の方の、百円貯金も、しましたよ。戸田さんという名前で、背が高い方ですよ」

しかし、時間的には、最後に当たる、三番目の郵便局では、金子真由美一人だけが、百円の、貯金をしたが、戸田加奈という女性の貯金を、したことはないと、局員が、いった。

その郵便局では、被害者の、金子真由美だけが、一人でやって来て、百円の貯金を、したらしい。

「やはり、この戸田加奈という女性が怪しいですね」

二宮刑事が、捜査本部に戻ってきて、及川に、いった。

「しかし、二人は、東京の世田谷区内の同じマンションに、同居しているんだし、ほかの二つの郵便局では、一緒に、二十四日に、百円の貯金をしているんだ」

「たぶん、その後で、ケンカにでもなったんじゃないかと思いますね。だから、別行動を取った。だとすれば、今のところ、犯人の可能性が、高いですね」

「しかし、それだけで、戸田加奈を、犯人だと、断定はできないだろう。事件に、巻き込まれている、可能性もある。まず、戸田加奈の、行方を、探すことだな」

と、及川が、いった。

被害者、金子真由美の司法解剖の結果が、報告されてきた。

死亡推定時刻は、三月二十四日の午後五時から、六時の間。胃の中の内容物から、夕食を取った後に、殺されたとは考えにくい。ただ、胃の中には、アルコール分が残っていた。

被害者が、神奈川県内湯河原の町で貯金した百円貯金の通帳によれば、第一の郵便局で、百円が貯金されたのは、二十四日の午前十時八分、二局目の貯金は、午後十二時五分、最後の、三局目は午後三時十分であることが分かった。

二つ目の郵便局と三つ目の郵便局の間に、三時間の差が、あることから、被害者は、どこかで軽い昼食を取ったのではないか？

そう考えて、刑事たちは、湯河原周辺の飲食店を、片っ端から調べていった。

その結果、被害者は、十二時半頃に、駅近くの蕎麦《そば》屋に入って昼食に、鴨南蛮《かもなんばん》を食べたことが分かった。

その店に、刑事が、戸田加奈の、似顔絵の写しを、持っていって、店員に、見せると、

「ええ、この方も一緒でした」

と、いう。

さらにきくと、店員は、

「そういえば、お食事中に、電話が、かかっていましたね」

「二人のうちの、どちらに、電話がかかってきたんですか？」

と、刑事が、きくと、

「背の高い女性のほうにです。食事中だったんですが、電話がかかってくると、食事を途中でやめてしまって、すぐに、店を出ていかれました」

店員が、いった。

「もう一度確認しますが」

と、刑事が、いった。

「外から電話がかかってきたのは、背の高い女性のほうで、その電話の後、食事を、最後までしないで、一人で、店を出ていった。そういうことですね？」

「はい、そうです」

「その時ですが、金子真由美さんのほうは、そのまま、店に残って、一緒には出ていかなかったんですね？」

「ええ、もう一人の方は、食事を、済ませてから、お帰りになりました。背の高い方が出ていってから、十五分くらいしてからです」

と、店員が、いった。

「その話が本当だとすれば、戸田加奈が犯人の線は、薄くなったんじゃないか」

と、及川警部が、いった。

「戸田加奈は、何か急用ができて、先に帰り、被害者は、その後一人で、三番目の、郵便局に行ったんだ。それを、先に、蕎麦屋を出た戸田加奈が、待ち伏せしていて、金子真由美を殺したとは考えにくいな」

もう一つ、分かったことがあった。

湯河原周辺の郵便局で、被害者、金子真由美と、少し年上の戸田加奈の二人が、一番目と二番目の郵便局では、一緒に百円貯金をしている。その時、二人に応対した一番目の駅前郵便局の局員に、いわせると、

「通帳をお渡ししても、すぐにお帰りにはならなくて、しばらく、椅子に、腰を下ろして、二人でおしゃべりをして、いらっしゃいました。それから、湯河原の周辺でも、私たちと、同じように、百円貯金をしている人が、いますかと、きかれましたよ」

と、いうのである。

二番目の郵便局でも、金子真由美と、戸田加奈は、同じように、局員に、湯河原の周辺でも、局メグをしているマニアがいるかどうかを、きいていることが、分かった。

しかし、三番目の郵便局だが、ここには、金子真由美一人だけが来て、百円貯金をしている。彼女は、ここの局員には、何の質問もしなかったと分かった。

「被害者と、戸田加奈の二人は、湯河原の郵便局をまわりながら、自分たちと、同じようなマニアが、いるかどうかを、きいているということは」

刑事の一人が、いった。

「自分たちと同じマニアを探していたことになりますか？」

刑事の一人が、及川の顔を、見た。

「その可能性もある」

及川は、短くいった。

4

二十五日の夕刊各紙に、この事件のことが、かなり大きく、報道された。殺されたのが若い女性で、珍しい局メグのマニアだったからだろう。

それでも、肝心《かんじん》の容疑者は、一向に浮かんでこなかった。

殺されたのが、神奈川県の女性ではなく、東京に住所のある女性だったし、発見された時の所持金も六千円と、百円玉が十二枚。それが、奪われていなかったし、湯河原駅周辺の三つの、郵便局の二つまでは、被害者と一緒に、まわっていた戸田加奈の行方は、分からなかった。

もう一つ、被害者の金子真由美も、同居人の戸田加奈も、警視庁が、不動産会社に、問い合わせた結果、特定の会社に、勤めているとは思われず、どうやら、派遣の仕事をしていると考えられた。

及川たちにとって、第一の問題は、犯人の動機が分からないことだった。

今のところ、唯一、容疑者と考えられるのは、戸田加奈という女性だが、警視庁からの、報告によれば、二人は、同じマンションの、同じ部屋に住み、二人が、ケンカをしているところは見たことがないと、管理人が証言しているという。

湯河原周辺の郵便局でも、二人は仲良く、百円貯金をしていたという。そんな二人が、突然、相手を殺すような憎しみを持ったとは、考えにくい。

(局メグというマニアックな行動自体が、殺人に結びついているのだろうか?)

と、及川警部は、考え込んでいた。

5

十津川《とつがわ》が家に帰ると、妻の直子《なおこ》が、夕刊を手に、取って、

「この事件なんですけどね」

十津川は、直子の示した新聞記事に、目をやって、

「被害者が、局メグをしているマニアの一人だという事件だろう? この事件なら、神奈川県警の要請で、捜査に協力している。被害者も容疑者の一人も、東京の人間だからね」

「新聞によると、亡《な》くなった、金子さんと、連れの女の人が、最初に、百円貯金をした郵便局が、湯河原駅前の商店街にある小さな郵便局だと書いてあるの。郵便局の名前が、駅前郵便局」

「その郵便局に、何か、気になることでもあるのか?」

「この郵便局の、局長さんは、私の友だちのお父さんなの。お父さんが局長で、局員は、娘さん一人。親子二人でやっていると、書いてあるわ。この小さな郵便局だけど、前に、強盗に襲われたことがあって」

「ちょっと待ってくれ。たしかに、その話、前に、君に聞いたことが、あったな?」

「二年前の三月に、私が、この郵便局の娘さんと友だちなので、温泉に入りに来ないかと、誘われて、出かけていったことが、あったでしょう?」

「たしか、その時に、君は、その事件に、遭遇したんだったな?」

「遭遇したといっても、正確にいえば、事件が起こった直後と、いうべきかしら。犯人は、その郵便局で百万円を奪って逃げたんだけど、逃げる時に、郵便局の前で、私とぶつかったのよ」

「ああ、そうだったね。しかし、犯人は、もう捕まったはずだよ」

「ええ。その時も今も、局長さんは森田《もりた》さんで、その娘の美弥子《みやこ》さんと、私は、友だちなの。事件が起きた時、もう一人、森田さんの甥《おい》の高木《たかぎ》さんという人が、局員だったんだけど。事件の時、皆さんが犯人について、警察に証言して、それが決め手になったの。私も証言したわ」

「そうか、犯人が、捕まって良かったじゃないか」

「ええ」

「今回の事件では、この駅前郵便局は、問題になってはいないんだ。ただ、被害者が、この郵便局にも、友だちと二人で、百円貯金をするために、寄っただけだからね」

「それはそうなんだけど、新聞の記事の中には、二年前の強盗事件のことを書いているのよ。それも、何かの因縁《いんねん》みたいな書き方だから、きっと美弥子さんも、いやな気分になっているんじゃないかと思って」

と、直子が、いう。

「そんなに、心配なら、明日、湯河原に、行ってきたらどうなんだ？」

「構わない？」

「ああ、いいとも。私のほうは、これといった事件がなくて、刑事二人が、神奈川県警の要請で、今回の事件について、調べているだけだから」

と、十津川が、いった。

6

翌日、直子は、湯河原に向かった。

二年前に来た時もだが、駅前の商店街は活気がなくて、いわゆる、シャッター商店街になっている。

直子は、美弥子の仕事の邪魔をしてはいけないと思い、わざと、郵便局の閉まる直前に、電話をかけた。

直子が、夕食を一緒にと誘うと、美弥子は、湯河原駅前で会うことを約束した。

午後六時に、落ち合い、美弥子が案内してくれたのは、海岸近くの、天ぷらの店だった。

その二階の窓から、海岸線に目をやると、一三五号線沿いには、大きなスーパーマーケットがあったり、パチンコ店があったり、ハンバーガー店や、回転寿司などのチェーン店が軒《のき》を並べていて、駅前商店街と比べると、こちらのほうは、かなり、賑《にぎ》やかである。繁華街が移動したのだろう。

美弥子は、やはり、新聞一紙が取り上げていた、二年前の、強盗事件のことを、気にしていた。

「やっぱり、気になる？」

と、直子がきくと、

「気にしないようにしているんだけど、前にも、東京の弁護士さんから電話が入って、今、犯人として、刑務所に入っている五十嵐《いがらし》という男は、無実の可能性が強い。冤罪《えんざい》かもしれない。そういって、二年前の事件のことを、根掘り葉掘りきいたりされたのよ。弁護士さんは、一生懸命やっているみたいだけど、こっちにしてみれば、あれは、もう終わった事件で、忘れたいと思っているのに」

「その弁護士がいっているように、刑務所に入っている五十嵐という人が、無実だとしたら、ほかに、犯人がいるということに、なってくるわけでしょう?」

「ええ」

「弁護士は、誰が真犯人だと思っているわけ?」

「そうなると、あと一人しかいないわ。あの時、私と一緒に、局員をやっていた、従兄弟《いとこ》の高木クン。一度は、容疑者扱いにされたから、今も弁護士さんは、彼が真犯人だと、思っているみたいなの」

「その高木さんは、今、どうしているの?」

「いろいろといわれたので、あの事件の後、郵便局を、辞《や》めてしまったんだけど、今は立ち直って、今年の秋には、結婚することになってる」

「良かったじゃないの」

「ええ」

「それで、あなたのほうは、どうなの?」

「どうって?」

「結婚よ。しないの? まだ一人でいるみたいだけど」

直子が、きくと、

「考えたこともないわ。結婚なんて面倒くさくて」

と、いって、美弥子が、やっと、笑った。

「あなたは、そうかもしれないけど、お父さんは、一日も早く、結婚してもらいたいと、思っているんじゃないの？」

「そうかもしれないわ。早く孫の顔が見たいということもあるから」

「二年前の事件と、今回の殺人事件とは、何の関係もないわけでしょう？　たまたま、あなたが勤めている郵便局に、被害者と友だちが、百円貯金をしに来ただけなんだから」

と、直子が、いった。

「それは、そうなんだけど、少し、気になることもあるの」

「どんなこと？」

「駅から歩いて十五、六分のところに、本局があるの。普通の局メグのマニアなら、最初に、本局に行って、百円貯金をするんじゃないかと思うのよ。それなのに、本局には行かず、小さな郵便局ばかりを選んで、まわっている。それが、不思議だという人もいるのよ」

「それは、大きな本局に行くのはつまらないので、小さな郵便局を探して、そこに、百円貯金をしたんじゃないのかしら？」

「私も、そう、思っているんだけど」

「いまだに、どうして、本局に行かなかったのかを、不思議に思っている人がいるわけ?」

「そうなの」

「あなたの郵便局に、二人がやって来て、百円貯金をしたわけでしょう? 被害者と一緒に来た、戸田加奈という女性だけど」

直子は、ハンドバッグから、出発前に、警視庁に寄って、夫の十津川から、無理をいって、もらっておいた、戸田加奈の似顔絵のコピーを、取り出して、見せた。

「この人だった?」

美弥子は、笑って、

「これで二度目だわ。警察の人が来て、被害者と一緒にいたのは、この人じゃありませんかと、同じものを見せられたわ」

「それで?」

「はっきり、この人だと、断定はできないけど、似ていることは、よく、似ていますとだけ、いったんだけど」

「じゃあ、この似顔絵は、よく似ているわけ?」

「ええ、似ていると、思う」

「それなら、事件の解決も、近いと思うわ。せっかくの似顔絵が、全然似ていないという場合もあるみたいだから」

直子が、いった。

「あなたは、ご主人の、手助けをしているわけ？」

美弥子が、きいた。

直子は、小さく手を横に振って、

「主人とは、関係ないわ。第一、主人は、今回の事件を、捜査していませんから」

「ところで、しばらく、こちらにいられるの？」

美弥子が、きく。

「そうね、主人は、温泉にでも、浸《つ》かって、ゆっくりしてきなさいといってくれているから、三、四日は、こちらにいたいと、思っているわ」

「それじゃあ、私が、湯河原を、隅《すみ》から隅まで案内してあげるわ」

と、美弥子が、いった。

7

神奈川県警の捜査本部に、東京から、参考資料が送られてきた。

殺された金子真由美と、戸田加奈の二人に関する、ものだった。

それによると、戸田加奈と、死んだ金子真由美は、同じ大学の、先輩と後輩で、現在、これといった、決まった仕事はしていないが、温泉の地熱や、風力などを使ってエネルギーを生み出す方式を研究したり、推進する、NPOに入っている。

二人は以前、そのNPOの一員として、一回か二回、箱根《はこね》、熱海《あたみ》、湯河原と繋《つな》がる温泉地帯を調査しに来たことがあるという。学術的な調査ではなく、写真に撮《と》るぐらいの簡単なものらしい。

したがって、二人の仕事は、自然エネルギーを研究し、推進するNPOの会員であり、日本じゅうの郵便局をまわって、百円貯金をするのは、楽しい趣味、遊びだったと思われると、東京からの報告には、書かれてあった。

8

依然として、戸田加奈、三十歳の行方はつかめない。

「やはり、この戸田加奈が、犯人の可能性が大きいですね」

捜査会議で、及川警部が、捜査本部長の県警本部長に、いった。

「しかし、被害者の金子真由美と、君が容疑者という戸田加奈とは、仲がいいという、東京からの報告もあったんじゃないのかね？」

「たしかに、二人は大学の先輩と後輩で、現在、自然エネルギーを研究しているNPOの会員になっていますし、東京の世田谷区内のマンションに、一緒に住んでいました。しかし、本当に、仲が良くて、戸田加奈が、犯人でないのなら、どうして、彼女は、警察に、連絡してこないのでしょうか？　逃げまわっていれば、自分が、疑われることは、分かっているでしょうし、それに、今回の事件について、戸田加奈が、何も知らないということは、考えられません。事件に、巻き込まれた可能性も、ゼロではありませんが」

と、及川警部が、いった。

「すると、君は、戸田加奈という女性は、あくまでも犯人で、逮捕を恐れて逃げまわっていると、考えているわけだね？」

本部長がいう。

「当然、この戸田加奈を、発見できる自信はあるんだろうね？」

「現在、全国の警察に、戸田加奈の似顔絵をプリントして送り、この女性を見かけたら、身柄を確保し、すぐ連絡してくれるようにと、要請しています」

「それで、何か連絡があったのかね？」

「残念ながら、まだ、一件の報告も来ておりません。しかし、戸田加奈が、逃げまわっているとすれば、必ず、網にかかるはずです」

自信を持った口調で、及川が、本部長に、いった。

「君は、戸田加奈が、仮に、容疑者だとして、現在、どのあたりに隠れていると、思っているんだ?」

本部長が、きく。

「戸田加奈と金子真由美の二人は、今年に入ってから、局メグ、いわゆる各地の郵便局をまわって、百円貯金をして歩くことを始めたことが、分かっています。それを考えると、戸田加奈は、やみくもに、逃げまわっているのではなくて、金子真由美と、同居していた、この三カ月間に、まわって歩いた、その時の記憶にしたがって逃げているのではないかと、思うのです。その時に、楽しかった地方があったり、あるいは、景色が、素晴らしかったところがあったはずです。おそらく、戸田加奈は、そういうところを、逃げまわっているのではないかと、思います。そうした条件に合う場所が分かれば、逮捕も簡単だと、期待しています」

と、及川が、いった。

及川警部は、二年前の強盗事件のことも、頭の隅にあった。だが、二年前の強盗事件が、今担当している殺人事件と、関係があるとは思っていなかった。二年前の事件では、犯人は逮捕されて、事件の捜査は、終了していたからである。

しかし、この日の捜査会議で、及川は、二年前の強盗事件の犯人、五十嵐勇《いさむ》が、すでに、出所していることを、知らされた。それを口にしたのは、県警本部長だった。

「しかし、まだ、刑期が残っているのではありませんか？」

及川が、きいた。

「そうだが、模範囚《もはんしゆう》ということで刑期が短縮されて、三月二十三日に、出所している。殺人事件の前日だ」

「本部長には、どなたから知らせがあったんですか？」

「例の、あの人から連絡があった」

と、いって、本部長が、笑った。

「例の人というと、宇田川《うだがわ》さんですか？」

「今は、宇田川先生だ。刑期の短縮にも、尽力されたんじゃないのかな」

本部長は、また笑った。

宇田川五郎《ごろう》は、元警察庁の幹部で、現在は、保守党の代議士になっている。及川自身は、この宇田川五郎という人物に、会ったことはない。

二年前に郵便局強盗事件が起きた時、神奈川県警は、無職で、前科のある五十嵐勇、二十九歳を、犯人として、逮捕した。

その時に、五十嵐の逮捕は間違いだと、口を挟んできたのが、この、宇田川五郎だった。

「それで、釈放された、五十嵐勇は、今、どこにいるんですか？」

及川が、本部長に、きいた。

「それは、私にも、分からない。宇田川先生におききすると、事件を担当した、渡辺《わたない》弁護士のところに、行ったはずだと、おっしゃっておられたが、そうかどうかは、確認していないのでね。心配なら、君が渡辺弁護士に、当たってみてくれ」

と、本部長は、いった。

及川は、今回の殺人事件には、関係がないと思いながらも、何となく気になったので、念のために、東京に法律事務所がある、渡辺弁護士に連絡を取ってみた。

最初は、受付の女性が出て、その後、しばらく経《た》ってからやっと、渡辺弁護士本人が、電話口に、出た。

「五十嵐勇が、三日前の、二十三日に釈放されたことは知っています。連絡がありましたから。彼は、釈放されたら、まっすぐ私のところに、来ると、面会の時には、いっていたのですが、なぜか知りませんが、いまだに、こちらに顔を出していないのですよ」

と、渡辺が、いった。

「三月二十三日に、出所したとすると、今日で三日経っていますが、五十嵐勇とは、まだ連絡が取れないのですか？」

「残念ながら、連絡が取れません。出所したらすぐ、こちらに連絡するか、あるいは、こちらに来ると、約束していたのですが、それを、守ってくれないので、困っているんですよ。今後の生活のことなど、相談をしたいのですが、それもできませんからね」

と、渡辺弁護士が、いった。

及川は、そこで、話を打ち切って、電話を切った。

今のところ、現在、担当している殺人事件に、五十嵐勇が関係しているという証拠は、どこにもなかったからである。

9

三田村と北条早苗刑事の二人は、神奈川県警からの、要請を受けて、殺された金子真由美と、一緒に局メグをやっていた戸田加奈の二人が、正確にいつから、局メグをやっていたのかを調べることにした。

三田村と北条早苗は、JR中央線の高円寺《こうえんじ》駅近くに、局メグの愛好者が集まる喫茶店が、あると聞いて、その喫茶店を訪ねてみた。

店の名前は「ポストカード」。三十代の夫婦がやっている店だった。

オーナーの名前は、川村高志《かわむらたかし》、三十五歳、妻の友紀《ゆき》、三十歳。夫婦だけでやっている小さな喫茶店である。

三田村と早苗は、コーヒーを、注文して、局メグについて話をきくことにした。

川村夫妻は、まず自分たちが作った百円の貯金通帳を、見せてくれた。

「私たちなんかは、まだ、初心者みたいなもので、今までにした貯金は、三百局にもなっていません」

と、川村が、いった。

「ここには、東京の、郵便局のものがありませんね？」

三田村が、きくと、妻のほうが、

「東京地区は、最後のお楽しみに、取ってあるんですよ。今のところは、東京以外の場所を、まず、攻めているんですよ」

「貯金をするときは、やはり車を使うんですか？」

早苗が、きいた。

「そうですね。やはり車があれば、便利なので、車を使う仲間が、ほとんどですね。全ての郵便局が、駅の傍《そば》にあるんなら、列車を使ったほうが、いいのかもしれませんが、駅から離れた場所にある郵便局が多いので、どうしても、車でまわることになってしまうんです」

神奈川県、特に、湯河原周辺の貯金も多かった。問題の駅前郵便局の貯金も、二年前に、夫婦の名前でされていた。

「この駅前郵便局ですが、ここで、事件があったことは、ご存じですね？」

三田村が、きいた。

「ええ、もちろん、知っていますよ」

川村が、いい、妻の友紀は、笑いながら、

「新聞社からも、二、三、問い合わせがあったんですよ」

「どんな、問い合わせですか?」

「金子真由美さんと、戸田加奈さんの二人を知らないかと、きかれました」

「川村さんは、二人をご存じなんですか?」

「店に見えたことがあるんですよ」

「それは、いつ頃ですか?」

「たしか、今年の二月じゃ、なかったですかね」

川村は、カウンターの中から、一冊の大学ノートを、持ち出してきた。

「ウチが、局メグの好きな人が集まる店だということで、皆さん、ここに、来ては、このノートに、署名していかれるんですよ」

川村は、ページをくっていたが、

「ああ、これですよ」

そこには、金子真由美と、戸田加奈の二人の名前が、書いてあり、

「まだ初心者です。よろしくお願いします。分からないことが多いので、いろいろと教え

てください」

と、サインペンで、書いてあった。

日付は、今年の二月八日になっている。

「ここに、二月八日の日付が書いてありますが、二人が来たのは、この日だけですか？」

「この日だけだったと思いますよ」

「その後、二人から、電話があったりしたことは、ないんですか？」

「一度も、ありません」

と、友紀が、いった。

「あの二人は、あまり、熱心な局メグのマニアじゃないんじゃないかしら？」

「いや、ほかに、仕事があって、そっちが忙しいんじゃないのか？」

と、川村が、口を濁《にご》すような、いい方をした。

三田村と、北条早苗の、二人の刑事は、夫婦の、ものいいに、何となく、違和感を覚えた。

早苗は、川村夫妻が、見せてくれた通帳の中から、湯河原周辺のものだけを、抜き出した。

「ここに、湯河原の、本局でした貯金がありますね？」

「ええ、湯河原の本局は、国道一三五号線の近くにある、郵便局ですが、そこで二人で、百円貯金をして、いろいろな情報を、教えてもらいました。どこに、何という郵便局が、あるのかとか、食事する場所とか、温泉情報とかです。親切に教えてくれましたよ」

「もう一つ、伺《うかが》います。駅前郵便局で貯金された日付のことですが、二年前の三月十日に、この郵便局で強盗事件があって、百万円が奪われています。こちらの通帳の日付を見ると、駅前郵便局で貯金をしたのは、あの事件の、直後三月二十日になっていますね？　もしかすると、あの事件のことを、知っていて、行かれたんですか？」

三田村が、きくと、川村は、笑って、

「まさか。事件のことは、後になってから、知ったんですよ」

三田村刑事が、川村夫妻と、話をしている間、早苗は、もう一度、大学ノートをめくっていった。

すると、今年の三月十日のところにも、金子真由美と戸田加奈の名前があったが、なぜか、サインペンで、二人の名前が、消されていた。

早苗が、それを、川村夫妻に示して、

「金子真由美さんと、戸田加奈さんの名前を、棒線で消してありますが、何かあったんですか？」

「実をいうと、その後、また、来られたんですよ。ウチの店は、局メグのマニアの人たちがよく集まるので、一応、会員制ということにしてあるんですよ。あまり変な人に、来られても困りますからね。その金子さんと戸田さんの場合は、最初に来た時は、感じが良かったので、会員になってもらっても、いいなと思ったんですが、実は、二度目に、見えた時に、少しばかり、まずいことがありましてね。それで、二人の名前を、消してしまったんです。そうだ、二月八日のところも消さなきゃいけないんだ」

川村が、わざわざ、サインペンで、二人の名前を、消して見せた。

「まずいことって、どんなことがあったんですか？」

三田村が、川村夫妻に、きいた。

「それは、二人にとって、あまり名誉なことではありませんから、申し訳ありませんが、お話ししたくありませんね」

と、川村が、いった。

「実は、この二人について、事件が、起こっていましてね。もちろん、ご存じだとは思いますが」

「ええ、もちろん、知っています。さっきも申し上げたように、新聞社から、戸田加奈さんの、行方について、電話で、いろいろと、きかれていますから。でも、私たちも、戸田加奈さんが、今、どこにいるのか、まったく知らないのです」

「殺された金子真由美さんの事件で、われわれは、戸田加奈さんの行方を、探しているんです。それで、何か問題があって、金子さんと戸田さんを会員にしなかったという、その、問題というのが、いったい、どういうことなのか、教えていただきたいのです。捜査の参考になると、思います」

三田村が、頼んだが、

「私の口から、警察に、お話しすることはできませんね。私がしゃべったことで、戸田加奈さんが、殺人事件の犯人にされてしまっては、申し訳ありませんから」

川村は、頑固《がんこ》だった。

10

その日三月二十六日、直子は、湯河原の町の高台にある旅館、「ふきや」に泊まることにした。

今日一日、妙に気疲れして、直子は夕食の後、温泉にも入らずに、すぐ、布団《ふとん》に横になってしまった。

久しぶりに、友人の美弥子に会ったのに、なぜか、美弥子の態度が、よそよそしいものだったからである。

それに、何か悩みがあって、その悩みのために、疲れ切っているようにも見えた。

三月二十四日に起きた奇妙な殺人事件は、東京の二人の女性が、局メグという旅行をしていて、その一人が、殺されてしまったというものだった。

容疑者と目されているのは、一緒に郵便局をまわっていた女性で、美弥子の勤めている駅前郵便局とは、何の関係もないと、直子は、思っていた。

それなのに、なぜ、美弥子が、怯《おび》えているのか、最初は、まったく分からなかったのだ。

しかし、話をしている間に、美弥子が、本当に恐れているのは、二年前の三月に起きた、彼女のいた駅前郵便局の百万円強奪事件らしいと、直子には、分かってきた。

なぜだかは、分からないが、二年前の三月の強奪事件と、今回起きた殺人事件とが、美弥子の頭の中では、しっかりと結びついているらしい。そんな気が、直子にはしてきた。

そこで、直子は、二年前の三月十日午後三時すぎに起きた百万円強奪事件のことを、考えてみた。

実は直子も、ほんの少しだが、あの事件に関係していたのである。

あの日の午後三時すぎ、駅前郵便局で働いている美弥子に、会いたくて、直子は、訪ねていった。

郵便局の前まで来た時、突然、中から飛び出してきた男に、ぶつかった。

その男が、強盗事件の犯人、五十嵐勇だったのである。

直子は、突然、屈強な男にぶつかって、その場で、転んでしまい、大声で、男に文句をいった。

その後、ドアを開けて、郵便局の中に入ってみると、中は、ひどいことに、なっていた。

局長の森田は、椅子にすわり頭を抱えていた。後頭部から血が流れていた。

局員が二人いて、そのうちの、娘の美弥子が、血を流している父親の森田の頭に、包帯を巻こうとしていた。

そして、猛烈な灯油の臭いがした。

美弥子は、局長の森田の頭に包帯を巻きながら、

「今、強盗が入ってきて」

と、いった。

「灯油も、その強盗が撒《ま》いたの？」

と、直子が、きいた。

「犯人が、灯油の缶を蹴飛ばしたんで、流れちゃったの」

と、美弥子が、いった。

もう一人の局員、高木という従兄弟は、ただ茫然としているように見えた。

「警察には、もう電話をしたの？」

直子が、きいた。

「これからするつもり。その前に、父の頭に包帯をしないと」

美弥子が、いうので、

「じゃあ、私が一一〇番してあげるわ」

直子は、自分の携帯電話を使い、一一〇番した。

その途中で、

（表でぶつかった男が、犯人だったんじゃないかしら？）

と、思った。

パトカーが、サイレンを鳴らしながらやって来て直子も証人になってしまった。

身長百八十センチぐらいの大柄な若い男が入ってきて、いきなり、局長の頭を、警棒のようなもので殴り、灯油を流し、百万円を強奪して逃げていった強盗事件である。

いつもは、静かな湯河原の駅前が、急に騒然となった。

強盗に殴られた森田局長や、局員二人が強盗について、証言し、直子も、自分が郵便局の前でぶつかった若い男について、警察官に話をした。

犯人の似顔絵が、作成され、その似顔絵は、神奈川県に近い、東京や埼玉、静岡など各県警と、警視庁に配布された。

二週間後に、横浜《よこはま》市内に住む、無職の五十嵐勇、二十九歳が逮捕された。

似顔絵にそっくりな男で、最初、五十嵐は、容疑を否認していたが、彼の指紋と、駅前郵便局のドアなどから採取された指紋が、一致した。百万円は、すでに、使われてしまっていた。

その後、三月十日に、駅前郵便局に行ったことは認めたが、行った理由について、五十嵐は、不思議な証言をした。

自分は、駅前郵便局に、百円を貯金するために行ったと、いうのである。雑誌で、そういうマニアが、いることを知って、面白《おもしろ》かったので、自分もやってみたいと思ったというのだ。

この事件は、神奈川県警が、捜査をし、また、逮捕された容疑者が、神奈川県横浜市に住む無職の男ということで、警視庁は、関係せず、したがって、直子も、どんな経緯で、五年の有罪判決が下されたのかは、よく知らなかった。

だが昨日、湯河原で、いわゆる局メグをやっていた女性二人のうちの片方が、殺されたとニュースで知って、直子は、二年前の事件で、自分が、証人の一人になったことを、思い出した。

布団に入ったものの、なかなか眠れないので、テレビをつけると、ニュースをやっていた。

一昨日の二十四日に起きた、殺人事件について、アナウンサーが、説明している。

殺された二十四歳の金子真由美という女性と、一緒に局メグをやっていた、三十歳の戸田加奈という女性から、事情を聞くために、警察はその行方を追っているが、依然として、見つかっていないという。

ところが、突然、アナウンサーは、二年前の三月十日に起きた強盗事件について言及を始めた。

直子は、テレビ局のアナウンサーまで、今度の殺人事件と、二年前の強盗事件が、関係があると思っているのだろうかと、考えた。

アナウンサーは、続けて、

「この強盗事件は、犯人が、懲役五年の刑を受けて、刑務所に、入っていましたが、模範的な態度が認められて、今年の三月二十三日に、釈放されたことが、分かりました。その後、連絡先の弁護士のところには、なぜか連絡がなく、行方が分からなくなっています。彼は、裁判の時も、自分は無実であると叫び続けていましたから、もし、彼が事件のあった湯河原などに行っていたら、いたずらに疑いを招く。だから、一刻も早く連絡してほしいと、弁護士は、呼びかけています。もし、このテレビを見ていたら、渡辺弁護士に、至急、連絡してください」

と、アナウンサーが、最後に、いった。

11

テレビを消して、いよいよ寝ようとすると、突然、携帯が、鳴った。

相手は、夫の十津川だった。

「そっちは、どんな具合だ？　友だちとは、会えたんだろう？」

「ええ、会うことは、会えたんだけど、少しばかり変なのよ」

「何が変なんだ？」

「二年前に、こちらの郵便局で起きた、強盗事件があるんだけど、今度の殺人事件とは関係がないと、私は、思っているの。ところが、こちらでは、何か関係があると考えている人がいるみたいなのよ」

「たしか、君が、会いたがっている友だちというのは、二年前の強盗事件の舞台になった郵便局に、勤めているんだろう？」

「そうなの」

「それで、その友だちは、二つの事件を、結びつけて、考えているのか？」

「どうも、そうらしいのよ。でも、どう考えたって、二つの事件は、別の事件だとしか思えなくて。あなたは、この二つの事件は、結びついていると思う？」

「いや、私は、そんなふうには、考えていない。ただ、二年前の強盗事件の犯人は、三月二十三日に、出所している。出所後に連絡することになっている弁護士のところに、何の連絡もしていない。そして、次の日の、三月二十四日に、そちらで、若い女性が、殺されているんだ」

「でも、関係ないんでしょう?」

「そうだね。今のところ、関係があるようには、思えない」

「今度殺されたのは、金子真由美という、二十四歳の女性だけど、彼女と、二年前の強盗事件とは、何か関係が、あるのかしら?」

「そのほうも、今のところ、関係があるという話は、聞いてはいない。ただ、強盗事件の犯人が、湯河原に行っているかもしれないから、君も、注意しておいたほうがいい」

「どうして?」

「君は、二年前の事件の時、郵便局の入口で、犯人とぶつかったと、証言しているじゃないか」

「だって、事実だから、ありのままに、証言しただけ。私の名前は、こちらの、警察も発表していないし、新聞にも出ていないから、あの時の犯人に、私のことは、何も分かっていないはずだわ。一つ、教えてもらいたいことがあるんだけど」

「どんなことだ?」

「たしか、二年前の強盗事件で、渡辺という弁護士さんが、自分から進んで、犯人の弁護を、引き受けたという話を聞いたことがあるの。なぜ、その弁護士さんが、自分から進んで、犯人の弁護を、引き受けたのかしら？」

「それは、宇田川五郎という、保守党の代議士がいて、その人が、渡辺弁護士に、依頼したんだ」

「その代議士さんが、どうして、そんなことをしたの？」

「宇田川代議士は、以前、警察庁の局長をやっていてね。その後、代議士になったんだけど、二年前の強盗事件で逮捕された、五十嵐勇という男が、この代議士の知り合いでね。そのうちに、秘書の一人として、五十嵐勇を雇《やと》うつもりだったらしいんだ。自分が、秘書にしようとした男だから、強盗事件など、起こすはずがない。そういって、知り合いの渡辺弁護士に頼んで、五十嵐勇の弁護を、やってもらったんだ」

「その話、本当なの？」

「宇田川代議士が、警察を辞めて選挙に出た時、選挙区は、横浜だったんだ。犯人の五十嵐勇も、横浜の人間だから、二人が知り合いだったとしても、おかしくはない」

「でも、政治家が、秘書に雇おうと思ったことがあるとしたら、相当な信頼を、寄せていたんじゃないかしら？」

「しかしね、国会議員の秘書は、一人や二人じゃない。最低でも二十人くらいは、いるんじゃないかね。中には、五十人の秘書を、抱えているという人までいる。だから、五十嵐勇の知人なんかから頼まれれば、個人秘書にしてもいいくらいのことは、返事をするんじゃないかね?」

と、十津川は、いった後、

「とにかく、あまり妙なことに、首を突っ込まないほうがいいと思うよ。お休み」

と、いって、電話を切った。

12

翌朝、少し寝坊してしまったので、朝食を部屋まで、運んでもらい、直子は、それを食べながら、朝刊に目を通した。

地元の新聞なので、さすがに、今回の事件のことを、続報でも、大きく取り上げている。殺された金子真由美と一緒に、局メグをしていた戸田加奈のことも、もちろん、容疑者の一人という言葉は、出ていなかったが、彼女の写真が、大きく載《の》っていた。

「殺された金子真由美さんと一緒に、湯河原周辺の郵便局で、百円貯金をしているお友だちの、戸田加奈さんへ。

皆さんが心配しているので、すぐ連絡してください」

別の新聞では、戸田加奈に奇妙な呼びかけをしていた。

「戸田加奈さん。

お友だちの金子真由美さんが、殺されて、三日経ちますが、あなたの消息がつかめません。

ひょっとして、金子真由美さんと同じようなことに、なっているのではないかと、皆さん、とても、心配しています。ご無事なら、近くの警察か、ご家族、あるいは、新聞社に連絡をしてください」

金子真由美と戸田加奈の二人について、その後、分かったことが、新聞には、詳しく掲載されていた。

金子真由美と戸田加奈の二人は、東京の世田谷のマンションで、二人で、一緒に、生活をしていたこと。金子真由美が、一年半前から一人で生活していたところに、戸田加奈が、今年になってからやって来て、共同生活するようになった。その頃から、二人が、いわゆる局メグに興味を持って、郵便局まわりを、始めたらしいという。

もう一つ、関連記事として、東京での金子真由美と戸田加奈のことが載っていた。

東京の、高円寺駅近くにある喫茶店「ポストカード」のことである。今回の事件で、有名になった局メグの愛好者たちが集まる喫茶店で、そこには、店に来た人たちが、感想などを書くノートがある。

そのノートを見ると、先月の二月八日に、金子真由美と戸田加奈二人の名前が、記入されていて、今月の三月十日にも、二人の名前が書いてあったが、なぜかその名前は、消されていた。

新聞記者が、店のママに、どうして、二人の名前を消したのか、をきいている。

その答えは、こういうものだった。

「お二人は、純粋に局メグを楽しんでいる、私たちの仲間だと思って、最初は、歓迎していたんですけど、三月十日に、来た時には、名前を書いた後で、こんなことをいうんです。郵便局に行って、窓口で、百円貯金をしたいといって、局員を安心させておいてから、豹変《ひょうへん》して、強盗に早変わりする人がいるんじゃないですかって、特に、年上の方のほうが、そんなことをきくんですよ。私は、腹が立ったので、局メグマニアの人の中には、そんな人は、一人もいませんよ。皆さん、楽しく、百円貯金をやっているんですからと、答えたら、それでも、必ずいると思うというんです。二年前の三月に湯河原の郵便局が狙《ねら》われて、百万円が奪われたことがあったじゃないか？　その時、犯人は、自分は強盗じゃない。百円貯金をしに来たんだ。裁判でそう主張したのを、聞いたことが、ある。だから、郵便局を狙った人間が、表面上は局メグのマニアで、百円貯金をしたいといって、安心させておいて、百万円を強奪したんだと、しつこくいうんですよ。それで、二人が帰った後、ノートに書かれた二人の名前を、消してしまったんです」

直子は、たしかに、彼女は、不謹慎なことをいったと思う。

この店には、局メグのファンが何人も、訪ねてきていて、署名しているが、記者が、その中の四、五人にきいてみると、

「自分は、本当に全国の郵便局をまわって、旅行するのが好きなので、百円貯金をしたいといって、油断させておいて、強盗に早変わりするなんて、そんなこと、考えたこともありませんし、本当の局メグのマニアは、絶対に、そんな馬鹿な真似《まね》は、しないし、口にもしませんよ」

と、異口同音《いくどうおん》に、いった、とあった。

朝食を済ませた後、直子は、椅子に腰を下ろして、新聞に載っている二人の女性の顔写真を、見つめた。

東京・高円寺の「ポストカード」という喫茶店のママの言葉が、気になる。

たしかに、局メグが好きな人で、全国の郵便局をまわって歩いている人たちの中には、百円貯金をして油断させ、局のお金を狙って、強盗を働くような、そんな人はいないだろ

うし、また、そんなことを、考えることもないのではないか？

それなのに、この二人は、喫茶店のママにいわせれば、おかしなことをいっている。特に、年上のほうと、いっているから、戸田加奈のことだろう。

ママの証言によれば、戸田加奈は、しきりに、郵便局に行って、百円貯金を頼み、相手を、油断させておいて、強盗を働く人がいるのではないかと、きき、二年前の三月の郵便局強盗の話を、持ち出していたらしい。

このこだわりは、尋常ではない。ほかの人たちは、純粋に局メグを楽しんでいて、局メグが変じて郵便局強盗になるなどということは、まったく、考えないし、口にもしないと、話している。

それに、戸田加奈も金子真由美も、局メグを始めたのは、今年になってかららしい。

つまり、二年前の三月の郵便局強盗事件の時には、二人とも、局メグは、まだ、やっていなかったのだ。

事件は湯河原で起き、捕まった犯人も、横浜に住んでいた。東京以外のところで、起きた事件について、なぜ、東京の戸田加奈と金子真由美が、こだわっていたのだろうか？

直子は、部屋に備えつけてある、便箋《びんせん》をテーブルの上に置き、二年前の三月十日に起きた強盗事件について、関係者の名前を書いていった。

襲われたのは、湯河原の駅前郵便局。その時、局長の森田と、森田の娘の美弥子と甥の高木の三人がいた。

その日の午後三時すぎに、犯人の五十嵐勇が郵便局から飛び出してきた。捕まった後で、自分は、局メグのことを、雑誌で知って、ぜひ、百円貯金をしたいと思って、駅前郵便局に入ったのであって、強盗などやっていないと、法廷で、無実を主張していた。

その日、たまたま、駅前郵便局を訪ねた直子は、飛び出してきた犯人と、ぶつかった。

その後、直子が、中に入ると、局長の森田が、頭にケガをして、血を流していて、娘の美弥子が、包帯を巻こうとしているところだった。

もう一人の局員、高木は、ただ呆然としていた。

もう一つ、直子が、覚えているのは、郵便局に入った時、強烈な灯油の臭いが、していたことである。

とっさに、直子は、犯人が灯油を撒き、火を、つけるぞといって、脅《おど》かしたのではないかと思ったのだが、美弥子は、

「まだ寒い日があるので、石油ストーブが置いてある。給油しようとして、傍に出してあった灯油缶を、犯人が蹴飛ばしたために、灯油が、流れ出した」

と、証言した。

それから、昨夜、夫が、教えてくれたことも、便箋に書きつけていった。

渡辺弁護士。湯河原の駅前郵便局に強盗に入って逮捕された、五十嵐勇の弁護を担当した。

その弁護士を、依頼した宇田川代議士。元警察の関係者で、退職して、政界に入った。選挙区は神奈川県の横浜で、宇田川代議士は、五十嵐勇を知っていて、自分が秘書に、雇おうと思っていた男で、郵便局強盗など、絶対にやるような男ではない。そう考えて、渡辺弁護士を推薦した。

最後に、四日前の三月二十三日、犯人釈放。その後、行方が、分からなくなっている。渡辺弁護士にも連絡していない。

そして、翌日の三月二十四日、湯河原で金子真由美が、軽自動車の中で、殺されていた。

13

直子は、美弥子に、電話をかけた。

「郵便局が、閉まってから、一緒に、夕食を食べたいんだけど」

「でも、夕食は、ほかに約束しているんで——」

と、美弥子が、いった。

そのいい方を聞いて、

(ウソをついている)

直子は、思った。

「どうしても、一緒に、夕食を、食べてもらいたいの。こんなことをいうと怒るかもしれないけど、あなたは、何かに、悩んでいる。親友なんだから、その悩みについて、ぜひ話を聞きたいのよ。私が、何かの役に立てればと、思っているの。一人で苦しむことはないのよ」

直子が、説得した。

結局、直子の説得が、功《こう》を奏《そう》して、その日の午後六時に、湯河原駅の近くにある「こうろんぼ」という中華料理の店で、会うことになった。たしか、その店には、個室があったと、直子は、覚えていたからである。

直子が、約束した六時きっかりに行くと、美弥子が、先に来ていた。

その顔が、妙に緊張しているように見える。

美弥子が、ビールを飲みたいというので、直子もつき合って、一緒に飲むことにした。

少し贅沢《ぜいたく》な中華料理を食べながら、直子は、美弥子と生ビールを飲んだ。

直子の知っている美弥子は、アルコールに弱いはずなのに、今日は、しきりに飲み続けている。そのまま酔っぱらってしまっては困るので、

「ねえ、何か、私に、いいたいことがあるんじゃないの？　今なら、何でも聞いてあげられるわよ」

と、直子が、いった。

「実はね、二年前の事件のことなんだけど」

美弥子は、何杯めかのビールを飲んでから、直子に、いった。

「二年前の三月に起きた百万円の強奪事件のことね？」

「ええ、そうなの」

「でも、あの事件は、もう、解決しているはずよ。犯人が捕まって、五年の刑を受けて、刑務所に入った。それで、あの事件は完結した。違うの？」

「だから、一つの話として、聞いてもらいたいの。自分一人で抱え込んでいたんだけど、もう、疲れちゃって」

と、美弥子が、いう。

「あの事件の真相みたいなこと？」

「ええ。今、あなたがいったように、事件は、もう、終わったんだから、単なるお話として、聞いてもらいたいだけなの」

美弥子が、持ってまわったようないい方をした。

「あの日、あなたが、訪ねてきて、郵便局の前で、犯人とぶつかってしまった」

「ええ、突然、若い男が、飛び出してきて、ぶつかったから、ビックリしたわ。中のことが、心配になって入ってみたら、局長さんが、頭から血を流していて、あなたが、包帯を巻こうとしていたわ。それに、灯油が撒かれていて、その臭いがひどかった。でも、あれは、犯人が、灯油の缶を、ひっくり返したんで、流れ出したと、いった。でも、少しおかしいなと思ったの。だって、あの日は、暖かくて、石油ストーブは、使ってなかったじゃないの」

「そうなの。もし、あの時、あなたが入ってこなかったら、あの事件は、別の話に、なっていたの」

と、美弥子が、いう。

「別の話って、強盗事件は、なかったということ？　でも、局長さんは、頭から血を流していたし、あなたは、包帯を巻こうとしていた。それは、事実だし、なかったことじゃないわよね？」

「実はあの日、郵便局強盗が、入ることになっていたの。強盗が入ってきて、局長の父を殴って、金を出せという。それでも、拒否すると、犯人は怒って、持ってきた灯油を撒き散らして、火をつける。そのあとに、犯人は、逃げてしまう。そういう事件が起きるはずだったの」

「あなたのいっていることが、よく、分からないんだけど、犯人が入ってきて、局長さんを殴って、灯油を撒いて、火をつける。それは、芝居じゃないんでしょう?」

「そうなるはずだったの」

「どういうことかしら? まだ、よく分からないんだけど」

「あの日、あの時間に、犯人が放火して、強盗を働く。そういう事件が起きることになっていたの。もし、あなたが、あの時来なければ、犯人が、逃げてしまったら、撒かれた灯油が燃えて、郵便局が、焼けてしまうことになっていたのよ」

「その芝居を、誰かに頼んで、やらせることになっていた。つまり、そういうこと?」

「父も私も、高木クンも、みんなが知っていて、あの時、あなたが、来なかったら、犯人は、局長の父を殴って、その上、灯油を撒いて、火をつけて逃げる。私たちも、慌てて、逃げ出して、消防車が来ても、たぶん、間に合わない。あの郵便局は、焼けてしまう。そういうことに、なっていたの」

「怖い話だけど、まさか、局長さんが考えたことじゃないんでしょう?」

「ええ」

「そうだと思うわ。皆さん、そんな悪いことの、できる人じゃないもの。誰に頼まれたの?」

「それは、いえないわ」

「どうして?」

「それも、いえない」

「いいたくなければいいんだけど、局長さんもあなたも、従兄弟の高木さんも、犯人を見ているわけだから、警察で、証言すれば、犯人は捕まってしまうわね。その通り、五十嵐という犯人が捕まった。その点は、どうするつもりだったの？」

「みんなが、犯人の人相などについてウソをいえば、捕まらないわ」

「それも決めてあったの？」

「ええ、そう。でも、あなたが突然、飛び込んできたので、そのストーリーも、だめになってしまった。あなたも犯人を見ていたから」

と、美弥子が、いった。

「その芝居に登場する犯人だけど、あなたやお父さんが知っている人？」

「いいえ、知らない人」

「もう一つ、私が飛び込んでいった時、灯油が撒かれていたわ。でも、火がついていなかった」

「犯人が逃げて、しばらくしてから灯油に火をつけるはずだったの」

「つまり、犯人が逃げる時間を稼ぐ。そういうストーリーね？」

「ええ」

「そうすると、そのお芝居の目的は、いったい何だったの？　百万円を強奪することじゃないわね？　とすると、灯油を撒いて火をつけて、あの郵便局を、焼いてしまうことが、目的だったわけ？」

「たぶん、そうだと思う」

「じゃあ、何のために、そんなことを？」

「それは、私は知らない。父も知らなかったと思う」

「でも、引き受けたんでしょう、お父さん」

直子は、何か考え込んでいたが、しばらくすると、

「郵便局には、いろいろと書類が保管されているでしょう？　何年前のものまで保管しておくのかしら？」

と、きいた。

「一応、五年前までだけど」

「そう、五年前なの」

直子は、考えた。

もし、美弥子の話が本当なら、二年前の百万円強盗の本当の目的は、あの小さな郵便局を、灯油を使って、焼いてしまうことだった。もちろん、建物自体を焼いてしまうことが、目的だったとは思えない。

とすると、あの郵便局に保管してある書類を燃やすことが、目的だったのではないの

か？

書類は、五年間、保管することになっていたという。何者かが、五年前までの書類、あるいはフィルムなど、それも全部ではなくて、そのうちの何かを、焼こうとしていた。百万円強奪事件を起こして、そのために、焼けてしまったという形にしたかったのだろう。そうすれば、真の目的のものが焼けて、消えてしまう。

直子が、考え込んでいると、美弥子は、

「今のこと、誰にも話さないと、約束してちょうだい。こんな話が公《おおやけ》になったら、父が苦しむだけだから」

「もちろん、分かっているわ。誰にもいわないわ」

直子は、まっすぐ、美弥子を見つめて、約束した。

しかし、頭の中では、なおも考え続けていた。

（今の美弥子の話が、本当だとして、それが今回の殺人事件と、何か、関係してくるのだろうか？）

14

美弥子との夕食を済ませて、直子は、旅館に戻った。

興奮しているのが、自分でも、分かった。

部屋に入ると、女将《おかみ》さんが、お茶を運んできてくれた。そのお茶を飲みながら、直子は、女将さんに、

「宇田川代議士さんって、知っています？」

と、きいてみた。

「ええ、もちろん知っていますよ。横浜から、立候補した先生でしょう？」

「どういう代議士さんですか？」

「宇田川先生って、前に、警察に勤めていて、そのあと代議士になったと聞いています。だから、信用はできるんですけど、少しばかり、怖い感じがすると、会った人は、いっていますよ」

「何年前に、代議士になったんでした？」

「たしか、六年前の総選挙で、初当選されたんじゃ、ありませんか？」

「ここに、泊まられたことが、ありますか？」

「ええ、当選された後で、後援会の方々を呼んで、お祝いをしたことがありますよ。ウチの大広間で」

「後援会には、どういう人が、多いんですか？」

「そうですね」

と、少し考えてから、

「昔、郵政選挙が、あったでしょう？　あの時、宇田川先生が、いわゆる特定郵便局を、擁護をするようなことをいってらっしゃいましたからね。それで、郵便局の局長さんたちが、宇田川先生を応援したんですよ。今も、宇田川先生の後援者には、郵政の関係者が、多いんじゃないかしら」

と、女将さんが、いった。

「もう一つ、お聞きしたいんですけどね。湯河原は、東京なんかに、比べると、やっぱり暖かいんでしょうね？」

「ええ、皆さん、暖かいといわれますよ」

「商売をしている家で、暖房をやめるのは、毎年、だいたい何月頃ですか？」

直子が、きいた。

「商売をしているところですか？」

「ええ、人が来るところ。例《たと》えば、銀行とか郵便局とか」

「そうですね。お客さんが来るところでも、この辺では、三月中旬頃じゃないでしょうか？」

「というと、三月の十五、六日頃ですか？」

「ええ、そうですけど。寒い年なら、お彼岸《ひがん》をすぎてからも、暖房を入れていますけど」

女将さんが、笑った。

15

翌日、直子は、東京に帰った。

その日の夕食に、お土産で、買ってきた干物を焼いて出した。

十津川は、それを食べながら、

「湯河原、どうだった？」

と、きく。

「あなた、口が堅いかしら？」

直子が、きくと、十津川は、笑って、

「自分じゃ、堅いほうだと思っているけどね。何か、いいたいことが、あるのか？」

「向こうで、友だちの美弥子さんが、話してくれたことがあるの」

「例の、郵便局の娘さんだね？」

「二年前の三月の強盗事件なんだけど、本当は、違う事件だったんですって」

「違う事件？」

「ええ」

「意味が分からないが」

「それを今から、話したいの」

「ぜひ聞きたいね」

「ただし、口外無用だから、お願い」

直子は、そう断わってから美弥子から聞いた話を、十津川に伝えた。

「ちょっと、待ってくれよ」

十津川は、慌てて、直子の声を制して、

「君は、今、事件について、以前、私が聞いたことと、中身は、同じことを、いってるんじゃないのか？　狂言強盗だったとしても」

「同じことなんか、いってないわよ」

「しかし、二年前の三月十日の百万円強奪事件は、君によると、作られた強盗事件だった。犯人役の男も、最初から決まっていた。それが、君の偶然の登場で、考えておいた芝居が難しくなったので、平凡な強盗事件になってしまったというわけだろう？」

「そうよ」

「強盗が入ってきて、局長を殴りつけ、百万円を強奪して逃げた。それと、考えられた芝居の、どこが違うんだ？　同じじゃないか？」

と、十津川が、いう。

「肝心のところが、違ってしまったわ」

「どこが？」

「犯人が、灯油を撒いて、火をつける。それができなくなったのよ」

「なるほど。しかし、犯人役が、計画通りに、灯油に火をつけて逃げれば、よかったんじゃないのか？」

「火をつける役は、犯人役の男じゃなかったのよ。もし、灯油に火をつけて、逃げる時、その火が、犯人役の服にでもついてしまったら、困ったことになるから、火をつけるのは、中にいる三人の局員の役目だったの。犯人が、ゆっくり逃げる時間を稼《かせ》いでから、灯油に火をつけることになっていたのに、私が飛び込んでいったために、それができなくなってしまった。第三者の前で、被害者の局員が、犯人の撒いた灯油に火をつけるなんて、できないですものね」

「それで、犯人が、灯油缶を蹴飛ばしたので、灯油が流れ出たということにしたんだな？」

「そう」

「計画と、実際とで、違うのは、犯人が撒いた灯油に、火をつけるかどうか、だけだというわけか？」

「ところが、計画でいちばん大事なのは、撒いた灯油に火をつけることだったの。いわば、そのために考えられた現金強奪事件だったのよ」

「分かってきたよ」

「分かってくれないと、困るわ」

直子が、笑った。

十津川は、慎重な、いいまわしで、

「君は、それを、郵便局の局長が企《たくら》んだわけではなくて、誰かが命令して、やらせようとした。それが、君のおかげで、失敗して、妙なことになってしまった。つまり、そういうことか?」

「ええ、その通り」

「君は、黒幕として、宇田川代議士を、考えているんじゃないのか?」

「あなたも、そんなふうに考える?」

「関係者の中で、ほかに、黒幕らしい人間が見つからないからね。それに、宇田川代議士は、六年前の選挙で当選後、今日までに、その郵便局を燃やしてしまいたいような秘密を、郵便局に残していたということは、十分に考えられるからね」

「私も、そう思ったの」

「たしか、夏までには、確実に、選挙があるといわれている。宇田川代議士は、選挙には、あまり強くないようだから、心配しているんじゃないのかな。過去に何か傷があって、それが表に出れば、たぶん、それで落選だ」

と、十津川が、いった。

「例の強盗事件の前に、宇田川代議士にとって、何か大事なことがあったんじゃないかと、思っているんだけど」

「そういえば、二年前、少し若いんだが、警察の関係者だったということで、法務委員会の委員長に推《お》されたことがある。結局、宇田川代議士は、法務委員長にはなれなくて、別の委員会の委員長になったんだけどね。彼としては、法務委員長になりたかったんじゃないかと思うよ。そうすれば、いろいろと活躍できたろうからね」

と、十津川が、いった。

「もう一つ、問題があるの」

直子が、いった。

「君がいいたいのは、つい先日に起きた、殺人事件のことじゃないのか？　局メグのマニアといわれる若い女性が、湯河原で殺され、その友だちが行方不明で、容疑者になっている。その事件のことだろう？」

「そうなんだけど、私の心配は、少しばかり警察の人とは違うの」

と、直子が、いった。

「警察は、今のところ、第一の容疑者として、戸田加奈という友だちの行方を探している。君は、それとは違う考えを、持っているのか？」

「ええ、少し違うの。戸田加奈という、被害者のお友だちが、犯人かもしれないけど、私は、二年前の郵便局強盗事件と、今度の殺人事件とが、関係があるような気がして仕方がないの。最初のうちは、まったく別の事件だと思っていたんだけど、向こうに行って、美弥子さんの話を聞いたりしていたら、繋がっているような気がするようになったのよ」

「なるほどね」

「警察の見方は、違うんでしょう？」

「今のところ、神奈川県警は、今回の殺人事件の犯人は、被害者の友だちだと考えているし、二年前の三月の事件とは別の事件と考えている。ただ、殺人の動機が分からないらしい。ウチにも、神奈川県警から捜査協力の要請が来ているので、お手伝いしている。神奈川県警の及川という警部と話をしたことがある。及川警部は、たしかに、容疑者として戸田加奈のことを考えているが、どうも、それだけでは、あまりにも、簡単すぎるとも思っているようだ」

「事件として、簡単すぎるからおかしいと、県警は、思っているわけね」

「及川警部は、そういっていたね。それに、こちらで、金子真由美と戸田加奈の、二人の関係を、調べたが、一緒のマンションに、住んでいるし、二人がケンカをしているところを見た者もいない。それで、戸田加奈が、犯人かどうか、少しばかり疑わしいと、思っているんだ」

と、十津川が、いった。

16

「もう一つ、考えていることが、あるんだけど、聞いてくれる?」

直子が、夫を見た。

「君はたしか、二つの事件が繋がっていると思っているんだったな?」

「ええ」

「それなら、ぜひ聞きたいね」

十津川が、いった。

「私は、あなたみたいな刑事ではなくて、事件に関しては素人《しろうと》なんだから、笑わないできいてくださいね」

と、断わってから、直子は、自分の考えを、披露《ひろう》した。

「今のところ、どんな理由なのかは、分からないけど、宇田川代議士は、湯河原の駅前郵便局にある、自分に関係する資料か何かを、後腐《あとくさ》れのないように、燃やさなければいけないようなことになった。でも、ただ火をつけるわけにはいかない。それで、いろいろと考えて、ある一つのストーリーを、思いついたのよ。あの郵便局の局長さんを丸め込んで、一つの芝居ができ上がった。ある日、郵便局強盗が入ってきて、金を出せという。局長が断わると、犯人は、いきなり持ってきた灯油を撒き散らして、火をつけた。三人の局員が、慌てて火を消そうとしている間に、犯人は、百万円を、奪って逃走した。その後で、局長さんが、警察と消防に知らせる。消防が駆けつけてきたけど、火のまわりが早くて、あの小さな郵便局は、焼けてしまった。その後、警察が強盗放火事件として、捜査を始める。局員三人が、犯人を見ていて証言をする。しかし、三人で示し合わせて、犯人の顔立ちだとか、服装だとかについて、ウソの証言をする。例えば、背が高ければ低いといい、丸顔だったら、面長《おもなが》の顔だったといい、そのほか、腕時計は、別のメーカーの名前をいい、そうした証言に基《もと》づいて、警察が調べるんだけど、全てがウソの証言だから、犯人は一向に捕まらない。そういうことにしたかったんだけど、私のおかげで、それが失敗してしまった。横浜市内で、五十嵐勇が、犯人として逮捕された。いい方は悪いけど、単なる郵便局強盗事件ということになったわけなの。灯油を撒いてしまったけど、それは、石油ストーブに使う灯油缶を、犯人が蹴飛ばしてしまったと、ごまかした。犯人の五十嵐勇は、懲役五年の刑が決まって、刑務所に入ったし、宇田川代議士の名前も出なかった。ところが、今になって、その郵便局強盗事件に、疑いを持ち始めた人間が出てきたんじゃないかと、私は、思うの。それが、戸田加奈という女性」

「殺された金子真由美は、関係なしということか?」

と、直子が、いった。

「とにかく、二人は、局メグのマニアを装って、問題の駅前郵便局に行った」

「おそらく、そうだろうね」

「この先も、私の勝手な想像なんだけど、二人は、郵便局に、お客のいない時を見計らって行って、局長たちを、脅かしたんじゃないかと思うの。郵便局の強盗事件の話は、信じられない。本当は、この郵便局を燃やすつもりだったんじゃなかったのか、それを命令してやらせたのは、宇田川代議士だったんじゃないのかといって、責めたんじゃないかと思うの。ひょっとすると、強請《ゆす》ったのかもしれない。例えば、何千万かのお金を要求して、もし、拒否すれば、マスコミに、この話を、バラすとかね。宇田川代議士に、その何千万かをもらってきなさいと、いったのかもしれないわ。それで駅前郵便局の森田局長は、宇田川代議士に、慌てて連絡した。選挙が、夏にはあるだろうから、宇田川代議士にとっては、今、こういう話を流されたら、再選は難しくなってくる。その上、二人の女性は、回答の期限を、切ったんじゃないかしら? 今日じゅうに返事をよこせとか、あるいは、何時までに、返事をするようにといって、脅かしたのかもしれないわ。そうなると、宇田川代議士にとっては、それまでに、多額の金銭を用意しなければならない。宇田川代議士は、覚悟を決めたんだと思うわ。大金を用意できないとなると、二人の女性の口を封じるしかない。そういう覚悟を決めたんじゃないかと思うの」

「しかし、宇田川代議士は、現職の国会議員だよ。自分で手を下したりはしないだろう?」

「たしかに、宇田川代議士が、直接、手を下したとは思えない。問題の二人の女性のうちの、戸田加奈のほうに電話をかけた。これも、私の勝手な想像なんだけど、宇田川代議士は、何時までに、どこそこに来い。来たら金を渡す。しかし、忙しいので、必ず何時までに来てほしい。そんな電話を、戸田加奈にしたんでしょうね。それで、食事の途中で、戸田加奈が、その場所に向かって、飛び出していったんだわ。金子真由美は、戸田加奈が、どこに、何をしに行ったのか、分かっているから、自分のアリバイ作りのために、三番目の郵便局に行き、一人で、百円の貯金をした。ところが、その後、車の中にいるところを、犯人に襲われて、殺されてしまった。そして、戸田加奈のほうは、約束の場所に行ったんだけど、宇田川代議士は、いつまで待っても現われない。約束の時間に、騙《だま》されたと知ったけど、その時には、金子真由美が、殺されて、自分が犯人と、思われていることに気がついて、慌てて、姿を消してしまった。これが私の推理よ」

「戸田加奈は、どうして、ハメられたと知った時、警察に出頭してこなかったんだろうね?」

「これも、あくまでも、私の勝手な想像だと思って、聞いてくださいね」

「いいよ」

「戸田加奈は、宇田川代議士を強請っていたわけだから、負い目があるし、自分も、殺されるかもしれない、と怖がっている。警察に行っても、保護してくれるわけではないでしょ。だから、今は、姿を隠していて、宇田川代議士に対して復讐を考えているんじゃないかと、私は思うの。とにかく、友だちの金子真由美の仇《かたき》ぐらいは、討たなければ、気が済まない。戸田加奈は、そういうつもりでいると思う。今のところ、私の推理は、こんなところ。プロのあなたから見れば、穴だらけのことは、自分でもよく分かっているわ」

と、直子が、いった。

「君の推理で不明なところは、第一に、駅前郵便局を、なぜ燃やそうとしたのかという、その理由だな。もう一つは、戸田加奈と金子真由美の二人、あるいは、戸田加奈だけかもしれないが、君のいう通りなら、なぜ、駅前郵便局に行って、局長を、脅かしたのか？　あるいは、宇田川代議士を強請ったのか？　宇田川代議士、あるいは、駅前郵便局と、この二人の女性の関係が、はっきりしない。この二つが分かれば、君の推理に、説得力が出てくるよ」

十津川は、励ますように、いった。

翌日の、三月二十九日、十津川は、出勤するとすぐ、亀井《かめい》刑事を呼んだ。

「私と一緒に、調べてもらいたいことがある。一つは、一年前の三月に例の駅前郵便局で、強盗事件があったことだ」

「知っています」

「犯人は捕まって、すでにあの事件は解決して、結論が出てしまっている。しかし、本当は、あの小さな郵便局に放火して、燃やしてしまおうとしたが、それがちょっとした手違いで、平凡な強盗事件になってしまった。しかし、真相は、局員が、あの郵便局を燃やすはずだった。それを頼んだのが、横浜が選挙区になっている宇田川代議士だと思っている。なぜ、宇田川代議士は、あの小さな郵便局を、燃やそうとしたのか？　その理由を、まず、知りたい。もう一つは、湯河原で殺された金子真由美と、その友だちで、現在、容疑者とされている戸田加奈という女性、実は、この二人が、今いった二年前の事件の本当の姿を、知っていて、宇田川代議士を強請ったことが考えられるんだ。問題は、宇田川代議士と、この二人の女性との関係だ。なぜ、二人は、事件の真相を、知ったのか？　なぜ、宇田川代議士を、強請ったのか？　これも知りたい」

「二人の女性と、宇田川代議士の関係は、簡単に調べられそうですね。まず、こちらからやりましょう」

と、亀井が、いった。

二人は、この捜査に、警察の力を利用した。

二人の女性と宇田川代議士との関係は、見つからなかったが、五十嵐勇と戸田加奈の関係が、判明した。

二人には、つき合っていた期間があり、そのうちの半年間は、同棲もしていた。

宇田川代議士の命令で、強盗事件を引き起こした五十嵐勇は、万一に備えて、以前つき合っていた戸田加奈に、真相を、話しておいたらしい。

問題の宇田川代議士と駅前郵便局の関係のほうは、神奈川県警に話を通し、殺人事件の捜査ということで、五年間、郵便局に保管してあった書類を強制的に提出させ、それを調べた結果、その中に、宇田川代議士に関係する書類が見つかった。

それは、宇田川代議士が、法務委員会の委員長に推されるらしいという話の出た時だった。

それには、どうしても運動のための資金がいる。最低でも二億円が必要だったが、それを貸してくれる、金融機関がない。

宇田川代議士は、駅前郵便局の森田局長に頼んだ。

そこで、森田局長は、宇田川代議士が、警察庁で局長をやっていた頃に知り合った、ある会社の名前を使うことにして、それを森田局長が本局に話をして、本局から、その会社に二億円が融資されることになった。

しかし、結局、宇田川代議士は、法務委員会の委員長になることはできず、二億円の借金だけが残ってしまった。

それに、これは不正融資である。もし、このことがバレたら、次の選挙で、落選してしまうだろう。

二億円を融資した本局のほうは、責任を取るのを、恐れて、書類は、駅前郵便局のほうで預かることになった。いや、押しつけたというのが、事実だろう。

十津川は、神奈川県警に協力して、宇田川代議士を追いつめることにした。

普通の事件の場合、政治家を追いつめるのは難しいのだが、今回は別だった。

宇田川代議士が、強盗事件まで、でっち上げて、問題の書類を焼却してしまおうと考えたのに、たった一人の女性のおかげで失敗してしまった。しかも、その女性（十津川直子）は、別に、悪をこらしめようとか、事件を捜査しようとかいう気はまったくなく、たまたま、その日、友人が働いている駅前郵便局へ行っただけだったのだ。

犯人側としては、こんな馬鹿らしいことはないだろう。

肝心の書類は、さすがに、その後は、宇田川代議士も、すぐには、手が出せなかったらしく、無事だった。そのため、不正融資が、バレてしまい、直《ただ》ちに、宇田川代議士の取調べとはいかなかったが、次の選挙では、落選間違いなしと、週刊誌に書かれてしまった。そうなると、世の中冷たいもので、常に、宇田川代議士のために働いてきた渡辺弁護士までが、反旗をひるがえしてしまった。

事件の舞台となった駅前郵便局の局長以下三人は、現在、神奈川県警の事情聴取を受けている。

三人の口からは、宇田川代議士の名前が出ているというから、この政治家の逮捕も、間もなくだろう。

いちばん最後まで解決が残っていたのは、金子真由美殺しのほうだった。

容疑者戸田加奈が、行方不明になっていたからである。

五月の連休のとき、八甲田山《はっこうださん》の小さな温泉で、戸田加奈を見かけたという情報が飛び込んできて、警視庁と、神奈川県警の刑事たちが、この温泉に、飛んだ。

戸田加奈はすでに姿を消していたが、刑事たちは、執拗《しつよう》に、足取り捜査をして、追いかけた。

その結果、戸田加奈は、東京に向かう新幹線の中で、逮捕された。彼女は、逃げるのに疲れ、逮捕されてもいいという気持ちになり、新幹線に乗っていたのだといった。

戸田加奈の自供は、次の通りだった。

「三月二十三日の夜、前からつき合いのある五十嵐勇から、電話があった。腕力に自信があり、金の匂いに敏感な男で、二年近く刑務所に入っていたのは、ある政治家の代わりに入っていたようなものだ。強奪した百万円ぐらいじゃ、割が合わない。今日、出所したので、一億円を貰《もら》いに行く。その後で、会いたいというので、明日は、友だちと湯河原に行き、例の駅前郵便局にも寄ると、いった。実は、五十嵐から、いろいろと聞いていたので、あの郵便局の局員たちを、強請ってやろうと思って、時間をかけて、いろいろと準備をしてきていた。もちろん、背後に宇田川代議士のいることも、五十嵐から聞いていたので、金は、その代議士から出るだろうと思っていた。次の総選挙が、日程表に挙がる時機を、待っていた。

二十四日、友だちの金子真由美と、湯河原へ行き、例の駅前郵便局に行き、真由美が、百円の貯金をしている間に、森田という局長を強請ってやった。

局長には、スポンサーに連絡して、金は用意するから、明日また来てくれといわれた。ところが、その日、湯河原市内で、昼食を取っているとき、五十嵐から電話が入った。激しい口調で、宇田川の奴、一億円を渡すというので、その場所へ行ったら、いきなり、刺されそうになった。ナイフを使ったのは、若い男だったが、あれは、殺しに馴《な》れている。宇田川の奴、金を払う気はない。こちらの口止めをするつもりだといわれた。『お前も狙われるぞ』と、いわれた。今友だちと一緒だから安心だといったら、その友だちも仲間だと思って狙われる。向こうは、単なる女友だちだといっても、容赦《ようしゃ》はしないからなといい、その後で、今、湯河原に来ていて、今後のことを相談したいというので、金子真由美とは、別れて、五十嵐勇に会いに行った。

会ったのは、JR湯河原駅に近い『ウエスト』という喫茶店だった。広い店の隅で会った。おれも逃げるから、お前も、すぐ姿を消したほうがいいと、いうので、私は、前に行ったことのある八甲田山の小さな温泉に逃げることにした。湯治場《とうじば》のような旅館だった。そこで、金子真由美が殺されたのを、テレビのニュースで、知った。五十嵐のいう通りだなと思った。なんにも知らない、金子真由美を、巻き添えにし、死なせてしまい、申し訳なくて、後悔している。

警察から追われているのは、知っていたが、今、捕まれば、金子真由美殺しの犯人にされるのが怖かった。

そのうちに、宇田川たちの眼も怖くなってきた。警察は、いきなりは、殺さないだろうが、宇田川たちはいきなり、殺しに走るだろう。次第に、そのほうが怖くなって、警察に捕まっても、いいような気がしてきた」

証言が集まってきた。

間もなく、宇田川代議士の逮捕令状が出るだろう。

だまし合い

1

山際卓郎《やまぎわたくろう》の心の中で、結城《ゆうき》あやという女性が、次第に、大きな存在になっていった。それは同時に、鬱陶《うっとう》しい存在になったということでもあった。

現在、山際は、三十九歳である。まだ社員は、百人に満たないものの、それでも人材派遣会社の社長を務めており、ベンチャービジネスの経営者としては、成功したほうの部類に入るだろう。

山際が、初めて結城あやに会ったのは、今から、十年あまり前のことである。その頃の山際は、自分の会社を、立ち上げてはいたものの、まだ零細《れいさい》企業で、金もなければ、コネもなかった。ただ、持っていたのは、大きな野心と、一八五センチの長身、そして、まあ、二枚目に入るだろうと思われる女好きのする顔と、せいぜい、それぐらいのものだった。

一方、結城あやのほうはといえば、当時、まだ、二十五歳だったが、銀座で小さいながらも自分の店を持ち、力のある政治家や実業家、あるいは、芸能人といった面々に、かなりのコネを、持っていた。

山際は、大学時代の友人に紹介されて、結城あやと知り合ったのだが、何とかして成功の階段を上りたくて、彼女にすがりついたといってもよかった。

だから、山際は、彼女のいうことであれば、たとえ、どんなわがままでもきき届け、使い走りのようなことまでやった。一時は、同棲《どうせい》もした。

自分に力をつけ、会社を大きくするために、山際は、結城あやの持っているコネを最大限に利用したのである。

金を借りるにも、結城あやの名前とコネを利用した。ある時、彼女が、店の常連客の一人だった資産家で、八十歳になった老人を騙《だま》して、五千万円近い金を巻き上げたことがあった。その時、山際は、彼女の詐欺《さぎ》的な行動を手助けまでした。そうやって、彼女に尽くしていたのだ。

その後、山際は、何とか、ベンチャー経営者の端《はし》くれに名を連ねるようになり、今では、自分の仕事について、自信を持って話せるようになった。これも全《すべ》て、結城あやのお陰《かげ》だった。彼ひとりでは、とても、今の会社は持てなかったろう。

したがって、彼女自身に向かっても、

「僕が、どうにかここまで来られたのも、全て、君のおかげだと思っている。君への恩は一生忘れない」

と、いっているのだが、ここに来て次第に、彼女の存在が、何とも疎《うと》ましくなってきたのである。

逆に、結城あやのほうは、何かといえば、山際に向かって、

「いったい誰のおかげで、ここまでくることができたと思っているの」

と、いい、店に来る常連客に、山際を紹介する時、いかに自分が、山際をここまで大きくしたか、自分がいなければ、山際は、ここまで大きくなれなかったかを、自慢げに話すのである。

そんな結城あやの態度が、最近の山際には、我慢《がまん》ができなかった。

たしかに、自分がここまで来ることができたのは、あやのおかげである。それは、山際自身、いちばんよく分かっている。

しかし、男として、他人の前で、そんなことを彼女にいわれるのは、屈辱《くつじよく》以外の、何ものでもない。

他にもある。最近になって山際は、愛車をベンツからロールスロイスに乗り換《か》えた。

「ザ・ヤマギワ」と名付けた会社が利益を上げるようになってから、山際は「社長」と呼ばれるようになり、そうなれば、ベンツを自分で運転して、乗り回すよりも、ロールスロイスのリアシートに座り、運転手に運転させるほうがふさわしいだろうと考えて、かなりの月給を払って、運転手を雇《やと》うことにしたのだが、結城あやは、しばしば山際に無断で、運転手ごと、車を利用してしまうことがあるのだ。まるで、自分の車のようにである。

それが分かった時でも、山際は、何もいわず、じっと我慢していた。今、怒って結城あ

やとケンカをしてしまうと、彼がまだ貧しかった頃のこと、事業がうまくいかなかった時のことを、結城あやに、あちこちでいい振らされてしまう恐れがあったからである。それを、避けるために、山際は、とにかく我慢した。

山際は、最近になって、軽井沢《かるいざわ》に別荘を購入した。ところが、あやは、彼のその別荘を、自分と自分の店で使っているホステスのために勝手に使ってしまったりするのである。その時も、山際は、じっと、我慢していたが、我慢するたびに、逆に、結城あやに対する殺意が、強くなっていった。

そんな山際の我慢も、いよいよ、限界が近づいてきた。

2

だからといって、結城あやを、簡単に殺すことはできない。理由は、はっきりしている。

山際と結城あやとの付き合いは、すでに十年以上になる。しかも、多くの関係者が、山際が今、ベンチャービジネスで、それなりの成功を収めているのは、結城あやのおかげだと知っていて、それを、口にしているからである。

もし、こんな状況の中で、結城あやを殺せば、真っ先に、山際が、疑われるだろう。それは、山際自身にはよく分かっていた。

そこで、山際は、冷静に、結城あやに対する殺人計画を立てることにした。

四月五日は、彼女の誕生日である。その誕生日を利用して、結城あやを、自殺に見せかけて殺すことにした。

今から四月五日までの一カ月間、努めて仲良くすることにした。またそれを周囲の人間に示した。我慢の一カ月間だった。

そして、四月五日の結城あやの誕生日当日、山際は、あやが住む、六本木《ろっぽんぎ》の超高層マンションで、二人だけのバースデーパーティを開くように持っていった。もちろん、この日、結城あやは、銀座の店を休むことになった。

この日、山際は、二つのプレゼントを用意した。

一つは、結城あやが寅年《とらどし》の生まれなので、前もって金《きん》を二五〇〇グラム使ったトフの置物を、有名な作家に頼んで作って貰《もら》った。値段は、一千万円を超えたが、これは投資だと、山際は、思うことにした。その金のトラの置物と、彼女の好きな白ワインを持って、二人だけのバースデーパーティをするために、山際は、四月五日の夜、六本木のマンションに出かけた。

山際は、パーティを始めるに際して、あやに感謝した。

「今日、僕が、こうしてベンチャービジネスで、何とかやっていけているのも、それなりに会社を大きくできたのも、全て君のおかげだと思って、感謝しているんだ。今日まで本当にありがとう。もし、君が僕を助けてくれなかったら、おそらく、僕一人では、何もできなかっただろうと思う。君がいたからこそ、君のおかげで、力のある政治家や、実業家、あるいは、有名な芸能人に顔を売ることができた。僕の始めた、人材派遣会社が、今日まで何とか、うまく行っているのは、君のそのコネのおかげなんだ。だから、これからもよろしく頼む」

山際は、プレゼントの、黄金のトラの置物を、彼女に、手渡した。

結城あやが、好きなものの筆頭は、何といっても、貴金属である。最近は、金の価格が上がったので、やたらに金の置物を欲しがっていたことを、山際は、前から、知っていた。

そのトラの置物を見て、案《あん》の定《じょう》、結城あやは、大喜びをした。そして、いかにも、彼女らしい質問をした。

「私の干支《えと》だから、トラの置物は嬉《うれ》しいんだけど、これには、いったい、何グラムの金が使ってあるのかしら?」

「二五〇〇グラムだよ。今、金は、一グラム四千円ぐらいしているから、これ一つで一千万円ぐらいかな」

と、山際が、いった。

次に、山際は、持ち込んだ高価なワインを開けて、彼女の誕生日を、祝うことにした。そのワインのほうも、あらかじめ手を回して、高価なフランス産の白ワインを用意しておいたのである。これも用意しておいたワイングラスで、乾杯をした。

結城あやは、満足げな表情になって、こんなことをいった。

「私も、あなたが成功したことが嬉しいの。だから、ウチの店に来る常連客には、いつも、あなたのことを、自慢しているのよ。これからもどんどん事業を拡大して、会社をもっと大きくしてちょうだい。そのためになら、私の名前をいくら利用しても、結構よ。あなたの会社が大きくなることは、私にとっても嬉しいことなんだから」

山際は、努めて、ニコニコして、

「ありがとう。たしかに、僕が今、こうしていられるのは、何もかも、君のおかげなんだ。感謝しているよ」

と、同じ言葉を繰り返した。

しかし、感謝の言葉を、口にするたびに、山際の胸の奥に、苦《にが》いものが、込み上げてくるのである。

おそらく、これから先も、この女は、自分から、離れていこうとはしないだろう。いや、離れていくどころか、今まで以上にこちらの懐《ふところ》に飛び込んできて、山際が成功することができた全てが、自分のおかげなのだと、そういい続けるだろう。

そんな人生は、そろそろ、この辺で終わりにしたいと、山際は、強く思っている。そう考えたからこそ、山際は、一生懸命、今日のこの計画を、練ったのだ。

山際は、あやが席を立った隙《すき》に、彼女のワイングラスに、用意してきた、睡眠薬を少し入れた。

気持ちの上では、今すぐでも、目の前にいるあやの首を、思いっ切り絞《し》めて、殺してやりたいのだが、衝動に駆《か》られてそんなことをすれば、自分で身を滅《ほろ》ぼしてしまう。だから、ここは少しだけ、彼女を眠くさせればいいのである。

山際はＣＤをかけ、戻ってきたあやに、向かって、

「どうだい、昔を思い出して、ちょっと踊らないか？」

と、誘《さそ》った。

身体《からだ》を動かしたほうが、睡眠薬が早く回るだろうと、考えたからである。

「あなたのほうから、踊ろうって誘ってくれるのは、久しぶりね。最近、全然踊ってくれないんだから」

あやが、いう。

「そうなんだよ。僕だって君と踊りたいんだが、最近は忙しくて、その上、身体がうまく動かなくてね」

山際は、笑って、彼女の手を取った。

音楽に合わせて、スローなテンポで踊っているうちに、結城あやは、

「ごめんなさい。何だか急に、眠くなってきてしまって」

「それじゃあ、すぐベッドに入ったほうがいい。君だって、疲れているんだ」

と、山際が、いった。

「後片付けは、僕がしておくから心配しなくていい」

山際は、彼女を、ベッドに寝かせた後、テーブルの上を、片付けていった。二人だけのパーティの痕跡を消していく。

その後、山際は、まだ残っているワインのボトルの指紋を消し、用意してきた青酸カリを溶かし込んだ。栓《せん》を閉め、ワインのボトルを、冷蔵庫の中に仕舞《しま》った。

その後でもう一度、テーブルの上を見てから山際は、部屋を出た。

これで、殺人計画の準備段階は、終わったのである。あとは、あやが、勝手に死んでくれるのを待てばいい。

(これで俺は、自由になれる)

山際は小さく、息を吐いた。

3

そのまま、山際は東京駅に行き、最終の新幹線に乗って、新大阪に向かった。前もって、大阪の同業者と会う約束を、取りつけておいたからである。

今日、結城あやの誕生祝いに持っていったフランス産のワインは、一年前に買って、ワインセラーに、仕舞っておいたものである。それも、東京で買ったものではない。仕事で韓国のソウルに行った時に、向こうで、買ったワインである。

ワインには目のない結城あやのことだから、眠りから覚めた後、あるいは、明日にでも、間違いなく、飲みかけのあのワインを、冷蔵庫から取り出して、飲むだろう。

そして、青酸中毒で死ぬのだ。

山際自身は、東京ではなく大阪にいて、同業者と一緒に、仕事の打ち合わせをしていれば、立派なアリバイが成立するはずである。

それに、あのワインは、山際が持っていって、彼女と二人で、飲んでいる。その残りである。その中に、まさか、青酸カリが入っているとは、あやは、夢にも、思わないだろう。

二人だけでやった誕生祝いを、思い出しながら、結城あやは、残りのワインを飲むに違いなかった。

その結果、あやは、間違いなく、死んでくれるだろう。

終点の新大阪駅に着くと、山際は、同業者の久保田肇《くぼたはじめ》に電話をかけ、駅前で、久保田に会うことにした。この大阪で同じように人材派遣会社をやっている久保田とは二年前からの知り合いで、半年前から、山際のほうから、合併の話を持ちかけていた。

もちろん、山際にとって、久保田の会社との合併話自体が、目的ではなかった。結城あやが、六本木のマンションの自分の部屋で死ぬ時に、大阪にいるというアリバイを作っておく必要があって、別に希望もしていない久保田の会社との合併話を、ここ半年の間、進めておいたのである。

「いつもは、トンボ返りで東京に帰ってしまうけど、今回は、ゆっくりしていけるんでしょうね」

と、久保田はいう。

「ええ、ゆっくりしますよ。今度こそ、久保田さんの会社との合併話に、けりをつけたいと思っているので、一週間の予定でこちらに来たんです。一週間ずっと徹底的に、あなたを口説《くど》きますよ。だから、今から覚悟しておいてください」

山際は、少しばかり、おどけた口調で、久保田に、いった。

「そうですか。それじゃあ、じっくりと合併話を相談しましょう。今夜は、千日前《せんにちまえ》で、飲みましょう。ホテルも、こちらで用意しておきました」

　久保田は、上機嫌だった。

「この頃、大阪の景気はどうですか？　少しは上向いてきましたか？」

　千日前のクラブで飲みながら、山際が、久保田に、きいた。

「そうですね。あまり大きな声ではいえませんが、関西地区で、原発の問題が起きればいいと思っているんですよ。もし、関西地区の原発で事故が起きれば、専門の人間が必要になりますからね。それを見越して、原発に詳しい人間を大金を出して、ウチの会社で、雇っているんですよ。だから、何か問題が起きてくれないと、元が、取れなくなってしまうのでね」

　久保田が、笑いながら、いった。

「私のほうも、全く同じですよ。今、絶対に必要なのは、原発に詳しい人間なんです。そういう人間を、何人用意できるか、それで、これからの営業が、プラスか、マイナスかが、決まってきますからね」

「でも、こっちに比《くら》べれば、東京は、いいですよね」

「どうして？」

「だって、福島《ふくしま》の原発じゃあ、これからもずっと、そんな人間が何人も必要になるんじゃありませんか？　それをお宅の会社が用意しておいたら、それこそ、丸儲《まるもう》けじゃありませんか？　福島の原発の後始末は、どんなことがあっても国が、責任を持ってやるそうだから、そのためには、いくらでも金を払うんじゃありませんか？」

「たしかに、そうなってくれれば、嬉しいんですがね」

二人の間で、そんな話が延々と続く。

久保田と話している間にも、山際は、時々、自分の携帯電話を、取り出しては、ニュースを見ていた。もし、結城あやが、あのワインを飲んで、青酸中毒で死亡すれば、すぐに大きなニュースになって、報道されるに違いないと思っていたからである。

「さっきから盛んに、携帯を見ていらっしゃるが、何か気になることでも、あるんですか？」

久保田が、きく。

「今、福島の原発事故の、後片付けで、いろいろと大変なんですよ。そこで働ける人間がいくらいても、たぶん、足らないことになるでしょうね。だから、ウチの副社長に、ウチで用意した原発の専門家を、一人でも多く、その仕事に就《つ》けるように、話を持っていけと、こちらに来る前に、ハッパを、かけてきたんです。その結果がどうなったのか、それがちょっと、気になりましてね。それで時々、携帯で確認しているのです」

と、山際が、いった。

「福島は、これから、廃炉に持っていくわけでしょう？　そうなるには、政府も十年、いや、最短でも、二十年はかかるだろうといっています。それなら、専門家を何人雇っているかで、ウチらの業績が、どうなるかが計算できます。山際さんのところが、原発の専門家を、何人も抱えていたら、この先十年でも二十年でもずっと、おいしい仕事にありつけるということになるんじゃありませんか?」

久保田が、山際の顔色を見るように、いった。

千日前のクラブで飲んで、その後は、これも久保田が用意してくれたホテルに入った。

自分の部屋に落ち着くと、夜ふけだったが山際は会社の副社長に、電話をかけた。

すぐに、結城あやのことを聞くわけにはいかないので、

「今日は、何か、変わったことはなかったか?　例の、久保田君の会社との、合併話の件があるので、今日から一週間は、大阪にいようと思っている。だから、何かウチの会社に関係のありそうなニュースがあったら、すぐに、連絡してくれ」

と、山際は、副社長に、いった。

山際は、結城あやとの腐《くさ》れ縁《えん》が、あるので、仕事関係で接待の必要がある時には、いつも銀座にある、結城あやの店を使うことにしている。だから、店のママの結城あやが死ねば、副社長は、すぐに、知らせてくるだろう。

「今のところは、特に、変わったことは、何もありません」

と、副社長が、いう。

「もし、何かあったら、私の携帯にかけてくれ。仕事が大事だから、いつでもかけてくれていい。頼んだぞ」

山際は、くどくいって、電話を切った。

しかし、朝になっても、副社長からは、何の連絡も、来なかった。

とにかく、いつ、結城あやが、あの青酸カリを入れたワインを、飲むかは分からない。

したがって、少なくとも一週間は、何とか大阪で、仕事をしていて、アリバイを作っておく必要があるのだ。

翌日、ホテルで朝食を済ませると、山際は久保田に電話をして、大阪の景気を自分の目で、確かめたいので、誰か、適当な案内人を寄越《よこ》してくれと、頼んだ。

久保田が寄越してくれたのは、木村《きむら》という三十代の、渉外課長だった。

山際は、ここ半年の間、久保田と合併話をしているので、木村渉外課長にも、何回か、会っていた。

木村は、山際に向かって、

「大阪の町を、ただ漠然《ばくぜん》と歩いていても、大阪の景気が、いいかどうかは、分かりませんよ。ですから、久保田社長にいわれました。大阪の府知事や市長、あるいは、大阪周辺の有力者を、山際さんに、紹介しろと。そういう人たちに、話を聞けば、具体的に、今、景気がいいかどうかが、よく分かると思います」

そんなところは、いかにも大阪人らしく、具体的である。

木村の乗ってきた車で、山際は、まず大阪府庁に、行った。さすがに、府知事とは、簡単には会えなくて、会ったのは、副知事である。

山際は、久保田の配慮が嬉しかった。ただ漠然と、大阪の町を歩いていても、それほどはっきりしたアリバイにはならないだろう。その点、大阪の副知事や市長などに会っていれば、それこそ、しっかりとしたアリバイになるからである。

その日、夕方からは、久保田が加わり副知事と山際の三人で、夕食を取ることにした。これは、昨日の御礼で、山際が、奢《おご》ることになった。

食事の時などには、山際は努めて、テレビのある店に行くことにした。結城あやが、あのワインを飲んで死んでいれば、テレビのニュースが、事件として取り上げるだろうと考えたからである。

夕食の後、もちろん、今晩は、北新地《きたしんち》に飲みに行った。

そこで十二時近くまで飲んでホテルに帰ったのだが、この日も、結城あやが死んだというニュースは、流れてなかった。東京の副社長からも、何の連絡も入らなかった。

山際は、少しずつ、焦燥《しょうそう》感にとらわれるようになった。

ホテルのベッドに、横になってからも、時々、テレビをつけて、ニュースを見た。

しかし、一向《いっこう》に、山際が期待しているようなニュースは、報道されない。

ホテルでの朝食の時には、新聞にも目を通しているのだが、結城あやが死亡したという記事は、出ないのである。

「まさか」

と、山際は、口に出していい、次第に、疑心暗鬼《ぎしんあんき》になってきた。

ひょっとして、結城あやは、あの後、山際が、冷蔵庫に入れておいたワインを飲もうとして取り出したが、青酸カリが混入されていることに気がついて、飲むことを止《や》めてしまったのでは、ないだろうか？

それどころか、彼女は、怪しんで、あのワインの成分を、どこかで、調べさせているのではないだろうか？

そんなことになったら、問題のワインは、山際が、四月五日の彼女の誕生日に、一緒に飲もうと、持参したものであることが分かっているのだから、ワインの中に青酸カリを混入させたのは、山際以外には、いないということになってしまう。

（そうなったら、俺は、殺人未遂で、逮捕されてしまうぞ）

山際の心の中で、不安な気持ちが、次第に大きくなっていった。

疑心暗鬼が、ますます、強くなっていく。

三日目の朝を迎えた時、山際は、寝汗をかいていた。

この日は、久保田の紹介で、大阪在住の島崎正雄《しまざきまさお》という、経営コンサルタントに会うことにした。島崎は、久保田が、日頃から何でも相談しているという経営コンサルタントである。島崎とは、大阪駅近くのビルの中にある、事務所で、話を聞くことになった。

島崎は、三十代の若手の経営コンサルタントである。

「久保田社長とも話すんですが、今後の日本経済は、大きく好転するか、逆に、今の政府の経済政策が失敗して、ものすごいインフレに、落ち込んでしまうか、極端に動くと思いますね。緩《ゆる》やかな成長などは、考えないほうがいいです」

と、島崎がいう。

「極端な動きですか？」

山際はおうむ返しにいいながら、事務所の隅《すみ》に置かれていたテレビに、時々、目をやっていた。

「そうですよ。今の政府は、何とかして二パーセントのインフレに、持っていこうとしています。しかし、失敗すれば、ものすごいインフレになってしまうか、あるいは、逆にデフレに戻ってしまうのか、おそらく、どちらかでしょうね。ヘタをすると、円がやたらに安くなって、日本という国家が、貧乏国になってしまうかもしれません」

島崎は、熱心にしゃべる。

山際は、相変わらず、ちらちらと、事務所のテレビに目をやっていた。それを、島崎は、逆に受け取ったらしく、

「テレビ、邪魔なら、消しましょうか？」

「いや、そのまま、つけておいて構いません。島崎さんの話を、お聞きしながらテレビのニュースを見ていると、うなずけることが、ありますから」

と、山際が、いった。

夕食のあとの遊びには、今回も久保田が加わって、三人で、北新地のクラブに行った。

そのクラブで、隣りに座っているホステスと話をしていた時である。

突然、東京から、山際の携帯に電話がかかってきた。

4

山際は、てっきり、会社の副社長からの電話だと思い、

「もしもし」

と、呼びかけたのだが、山際の耳に聞こえてきたのは、副社長とは、明らかに違う男の声で、

「山際さんですね？」

と、きく。

山際が、相手が分からずに黙っていると、

「山際卓郎さんですよね？」

と、相手は、念を押してから、いきなり、

「あなたは、結城あやさんを知っていますか？」

（そうか、やっぱり、あやは、あのワインを飲んで死んだのか？）

と、山際は、思いながら、

「ええ、結城あやさんなら、知っていますが」

「実は今、結城あやさんに、殺人の容疑がかかっていましてね。私は、東京の警視庁の亀《かめ》井《い》という刑事ですが、山際さんは、今、大阪にいらっしゃるんですよね？　申し訳ありませんが、今すぐ、こちらに、戻ってきていただけませんか？」

と、相手が、いう。

「ちょっと待ってください。彼女に、殺人の容疑がかかったというのは、どういうことなんですか？」

と、山際は、きいた。

「彼女が、今夜、六本木の自宅マンションに知り合いの芸能人を、呼びましてね。ワインを勧《すす》めたんですが、そのワインの中に青酸カリが入っていて、ワインを飲んだ芸能人が亡くなってしまったんですよ。それで今、結城あやさんに、殺人の容疑が、かかっているんです。結城あやさんに事情を聞くと、問題の青酸入りのワインは、四月五日の誕生日の時、あなたが、一緒に飲もうといって、持ってきたものだと、いっているんです。それを確認したいので、至急、東京に帰ってきてください」

と、亀井という刑事は、いった。

5

この時、東京行の新幹線も終わってしまっているので、山際は、タクシーで、東京に戻ることにした。

東京に向かうタクシーの中で、少しずつ、山際にも、事情が呑《の》み込めてきた。

どうやら、結城あやは、六本木の自宅マンションに、親しくしている芸能人を呼んで、山際が、青酸カリを入れた、あのワインを、出したのだろう。そして、彼女が飲む前に、その芸能人が先に飲んでしまったため、青酸中毒を起こして、死んでしまったに違いない。

結城あやは、驚いて救急車を呼び、そのあとは警察がやって来た。その時に、問題のワインは、山際が、四月五日の自分の誕生日に、乾杯をしようといって、持ってきたものだと、警察に、証言したに違いない。

こうなると、ヘタをすると、山際が、警察に殺人の疑いをかけられてしまう。

タクシーに揺られながら、山際は必死に、東京に着いて、警察から聞かれた時の弁明をどうしようかと、考え続けた。

東京に着いたのは、早朝である。

山際は、そのまま、六本木の結城あやのマンションに向かった。

マンションの前には、警察のパトカーが、何台か、停まっていた。

三十二階の彼女の部屋には、警視庁捜査一課の刑事や鑑識が来ていた。その刑事の一人が、亀井という電話の主で、

「今まで、結城あやさんは、起きていたのですが、疲れたといって、寝室に入ってしまいました」

と、いう。

「そうですか。先ほどの電話では、彼女が疑われていると、おっしゃっていましたが、本当ですか？」

山際は、四十年配の亀井刑事にきいた。

「その通りです。今夜、結城あやさんは、親しくしていた五十嵐勉《いがらしつとむ》という若い芸能人を呼んで、彼にワインを、勧めたらしいんですよ。そのワインの中に青酸カリが入っていましてね。それを飲んだ五十嵐勉は、亡くなってしまいました。それで、結城あやさんに、殺人の容疑が、かかったんですが、彼女の話によると、そのワインは、あなたが、四月五

日に持参したものだそうですね？」

「たしかに、そのワインは、私が持ち込んだものだと思います。四月五日は、彼女の誕生日だったので、二人で誕生日を、祝おうと持っていったのです。しかし、その時、僕も彼女も、そのワインを、何杯か飲んでいるんですよ。もちろん、その時には、何ともなかったんです」

と、山際が、いった。

亀井刑事は、問題の、ワインのボトルを、山際に示して、

「青酸カリが入っていたのは、このワインなんですが、これは、山際さんが、四月五日に持ってきたものですか？　間違いありませんか？」

と、念を押した。

「ええ、私が持ってきたのは、このワインです。間違いありません」

「そうなると、四月五日に、山際さんと結城あやさんとが、このワインを飲んで誕生日を祝った時には、この中に、毒物が入っていなかった。そういうことに、なりますね？」

「当たり前ですよ。私も結城あやさんも、そのワインで、乾杯したんです。二人とも、こうやって、生きているじゃありませんか」

「とすると、その後で、誰かが、青酸カリを入れたことになりますね？」

「私は、その後、彼女が、そのワインをどうしたのかは、知りませんよ。かなりの量が、

まだボトルに残っていたのは、知っていましたが、彼女が、後で、自分で飲むつもりで、冷蔵庫にでも、入れておいたんじゃありませんか？　彼女は、ワインが好きだから」

「あなたのおっしゃる通りです。結城あやさんも、そのように、証言しています」

「そうですか」

「このワインですが、山際さんは、どこで購入されたんですか？」

亀井刑事がきく。

「たしか、一年前、韓国に仕事で行った時に、向こうで見つけて、購入してきたものです。いくらだったかは忘れましたが、かなり、高価なワインでした」

「そうですね。われわれの、鑑定でも、かなり高価なものであることが、分かりました。ところで、四月五日の後、今まで、山際さんは、どうされていましたか？」

「五日に、大阪での仕事があったので、最終の新幹線で大阪に行きました。半年も前から大阪で、同業者の久保田肇という社長と、会社の合併について、話し合っているので、どうしても、その話に決着をつけたくて、五日の夜、新幹線で大阪に行ったんです。今日まですっと、久保田社長と、会社の合併について話し合っていました。その途中で、警察から電話がかかってきたので、こうして、急いで東京に帰ってきたんです」

「失礼ですが、山際さんと、結城あやさんとの関係は、いつ頃からですか？」

「そうですね、たしか、かれこれ十年ほど前からだと思いますね」

「十年の付き合いですか。それは、クラブのママと、店に通っているお客さんという関係ですか?」

亀井に、きかれて、山際は、ここは正直に話したほうがいいだろうと考えて、

「最初は、友達に紹介されて、結城あやさんがやっている銀座の店に、通うようになったんですが、その後は、いわば、常連客とママさんとの付き合いですね。プライベートに、彼女と何カ月か、同棲したこともあります。そういうことは、私の周《まわ》りにいるたいていの人が知っていますから、隠すつもりは、ありません」

その後、亀井は、棚に飾ってあった黄金のトラを、山際の前に、持ってきて、

「これも、山際さんが、四月五日の彼女の誕生日に、結城あやさんに、贈ったものだそうですね?」

「そうです。彼女は寅年ですから」

「これは、金で、作られていますよね?」

「そうです。彼女は、とにかく、金が好きですから」

「これは、いくらぐらいするものですか?」

「約一千万円です」

ここは、全て、本当のことをしゃべろうと、山際は、東京に向かうタクシーの中で、決めたのである。ヘタにウソをつくと、後から苦しくなってくる。

「一千万ですか」

亀井刑事は、小さく、ため息をついてから、

「誕生日に、そんな高価なものをプレゼントするということは、山際さんと結城あやさんとの関係は、今でも、かなり、深いものだと、考えてもいいでしょうか？」

「申し上げたように、十年来の、付き合いなんですよ。私は今、人材派遣の会社をやっているんですが、結城あやさんの持っている人脈というのか、政治家とか、実業家とか、芸能人なんかとのコネが、私の仕事にも、大いに、役に立ちました。私の会社が、ここまで、大きくなれたのも、全て彼女の、おかげなんですよ。ですから、誕生日に一千万円くらいの、贈り物をしても、まだ足りないくらい、彼女には、世話になっています。この金のトラの置物は、彼女に対する私の、感謝の気持ちなんです」

と、山際が、いった。

その時、青酸中毒で死んだ、五十嵐勉のマネージャーが、やって来て、山際は、ひとまず解放された。

亀井刑事は、その小川《おがわ》というマネージャーを、別室に連れていって、話を聞くことにした。

「亡くなった五十嵐勉さんが、昨日、結城あやさんの、マンションに来ていたことを、小川さんは、ご存じでしたか？」

「親しくしている人が、呼んでくれたので、ちょっと、六本木まで、行ってくるとはいっていましたが、相手が、結城あやさんということは、知りませんでした」

小川マネージャーがいう。

「結城あやさんのことは、前からご存じでしたか？」

「ええ、名前は、五十嵐勉から聞いていました」

「五十嵐さんと、結城あやさんとの関係は、どの程度のものだったんですか？」

「五十嵐勉は、今、テレビ界でかなりの人気者になっていますが、まだ新人です。ですから、ファンを、大事にしています。結城あやさんとの関係が、いったいどんなものだったのか、私は、知りませんでしたが、彼の後援会に入ってくれていることは知っていました。誕生日には、かなり高価なものをプレゼントされていた。ですから、彼女から誘いを受けて、結城あやさんのマンションを、訪ねたんだと思いますよ。しかし、青酸中毒で死ぬなんてことは、全く、考えていなかったと思いますね。もちろん、マネージャーの私もです」

「しかし、結城あやさんが勧めた、ワインを飲んで、五十嵐さんが、亡くなったことは事実なんです。結城あやさんは、否定していますが、二人の間に、男女の関係は、なかったんですか？」

「そこまでは分かりません。私は五十嵐勉のマネージャーですが、プライベートなことまでは、知りませんでした」

と、小川が、いった。

「もしかしたら、かなり深い男女の関係が、二人の間に、あったかもしれませんね？」

「ですから、それは、マネージャーの私にも、全く分かりません。あったかもしれない し、なかったかもしれません。本当に、分からないのです」

「五十嵐勉さんは、女性のファンが、多かったんですか？　女性にモテるほうでした か？」

「五十嵐勉は、今風にいえば、イケメンで頭もいいので、たしかに、女性のファンが多かったですね。男女の比を考えると、七十パーセントは、女性のファンだと思いますね」

「それで、今までに、女性との間に、何か問題を、起こしたことはありませんか？」

「私が知る限りではありません。もし、何か問題を起こせば、芸能界にいられなくなってしまいますからね。その辺は、日頃から注意するようにウチの社長もいっていましたから」

「しかし、結城あやさんとの関係は、分からない？」

「そこまでは、マネージャーの私にも分からないのですよ」

と、小川が、繰り返した。

「現在、五十嵐勉さんの遺体は、司法解剖のために、大学病院に、運ばれていますが、実は、通報を受けて、われわれが現場に到着した時、遺体はナイトガウン姿だったんですよ。そのナイトガウンは、結城あやさんのものでした。つまり、二人は、ナイトガウン姿でワインを、飲んでいたわけです。そうなると、かなり深い関係が、二人の間にあったことが、想像できるのですが、その点は、どうですか？」

「それは、今も申し上げたように、男女の関係があったかどうかは、マネージャーの私にも分かりません」

マネージャーの小川が、同じ言葉を繰り返した。

6

ベッドに入っていた結城あやが、ようやく起きてきた。

部屋に入ってきて、山際を見つけると、急に涙声になって、

「本当に、大変だったのよ。私が勧めたワインを飲んだ途端に、五十嵐クンが、死んでしまって」

「そのことは、さっき、刑事さんから聞いたよ。ビックリしたんじゃないの？」

「当たり前でしょう。だって、あのワインは、山際さんが、持ってきて、二人で乾杯したワインだったから、まさか、そのワインの中に、青酸カリが入っているなんて。でも、い

くら私が一生懸命説明しても、刑事さんは、私の言葉を、なかなか信じてくれないのよ」

「僕も、ちゃんと、証言しておいたよ。あのワインは、僕が、君の誕生日に持ってきたものだけど、二人で飲んだ時には、何も入っていなかった。もちろん、青酸カリなんて入っていなかった。そういっておいたから、大丈夫だと思うよ」

「それで、警察は、私のことを、信用してくれるかしら？」

「当たり前だろう。君が、あのワインに、毒物なんて入れるはずがないんだから、信用するに、決まっているよ」

山際が、強い口調で、いった。

「そうだと、いいんだけど」

結城あやが、ため息をついたところで、また、亀井刑事が顔を出して、結城あやに、

「さっきの続きを、話してもらえませんか？」

「さっきの続きって？」

「あなたと、亡くなった五十嵐勉さんの関係ですよ」

「別に、特別な関係なんて、ありませんよ。五十嵐さんは、ウチの店のお客さんで、時々、銀座の私の店に、飲みに来ていたんです。私も彼のファンだったから、ヒマだったら、自宅のほうにも遊びに来てくれと伝言しておいたので、昨日の夕方、来てくれたんですよ。それだけのことですよ。ほかには、何もありませんよ」

「しかし、二人ともナイトガウン姿でしたよね？　五十嵐勉さんが着ていた、ナイトガウンは、あなたのものでしょう？」

「ええ。五十嵐さんは、男性としては小柄なほうだから、私のナイトガウンでも、着ることができるんです」

「どうして、ナイトガウンになったんですか？」

「ウチに着いた時、仕事の現場から急いで来たからといって、汗を、びっしょりかいていたんです。彼は、シャワーを浴びたいといったのでその後、寛《くつろ》いでもらおうと思って、私のナイトガウンを、貸したのです。それだけの話ですよ。刑事さん、変なことを、考えないでください」

あやが、亀井を睨《にら》む。

「さっき、小川さんという、マネージャーに、きいたら、五十嵐さんは、最近、車を買い替えたそうですが、国産車からベンツにした。小川マネージャーに、五十嵐さんは、そのベンツは、ファンの女性に、買ってもらったといったそうです。ファンの女性というのは、もしかしたら、あなたでは、ありませんか？」

亀井が、あやに、きく。

あやは、一瞬、迷っているような表情だったが、

「ええ、そうですよ。五十嵐勉さんの誕生日に、私が、買ってあげました。私は、五十嵐

勉さんの大ファンですからね。好きな芸能人に、車ぐらい買ってあげたって、構わないでしょう？　それとも、芸能人に車を買ってあげたら、何か罪になるんですか？」

亀井刑事は、苦笑して、

「もちろん、別に、それ自体が刑事事件になるわけじゃありませんよ」

山際は、ひとりで、素早く頭を、回転させていた。

自分の計画したようには、いかなかった。結城あやは、今も、生きている。生きて、しゃべっている。

結城あやが、五十嵐勉という若手の芸能人と、関係があって、それでモメていた。それで、あのワインの中に青酸カリを入れて、五十嵐勉に、飲ませたのではないか？

ただこのままで行けば、おそらく、これまでの、流れから警察は、ひょっとして、そう、考えるかもしれない。

だとしたら、うまく行けば、結城あやは、殺人容疑で、逮捕され、刑務所行きになるかもしれない。

最初の計画とは、違ってしまったが、結城あやを、何とか、始末することができるのではないか？

それならそれで、これからは、結城あやのことを、意識せずに会社をやっていけるはずだ。

山際は、そう、考えていた。

7

最初に、山際が、思い描いていたストーリーとは違ってしまったが、それでもこのまま、うまく行けば、目障《めざわ》りな結城あやを、芸能人・五十嵐勉殺しの犯人として刑務所に、送ることができるだろう。そうなれば、結城あやと、今後関わりを持たずに済むのだ。山際は、そう考えた。

そこで、山際は、二つのことを、自分にいいきかせた。

第一は、警察に対して、自分の立場を有利にもっていくことである。自分には絶対に、結城あやを殺す動機がなく、彼女とは、これからも、仲良くしていきたいと思っていた。そうした気持ちを、警察に強く示していくことである。

第二は、結城あやという女性は、五十嵐勉のような若いタレントに対して、一見、チヤホヤしているように見えるが、心の奥では軽蔑《けいべつ》していたと主張し、何とか結城あやに、五十嵐勉を殺す動機が、あったことにして、それを警察に、さり気なく知らせなければならない。

もし、この二つが、山際が思っている通りになれば、結城あやを、自分の視界から消し去って、刑務所に、追いやることができるだろう。

そこで、山際はまず区役所に行き、婚姻届の用紙をもらってくると、そこに、自分の名前を書き、印鑑を押した。もちろん、その婚姻届には、結城あやのサインと、印鑑をもらうつもりだということにするのである。

十津川《とつがわ》という警部と、亀井という刑事が話をききに、山際を社長室に訪ねてきた時、その婚姻届の用紙を、それとなく、机の上に置いておいた。

十津川警部は、山際に会うなり、

「失礼とは思いましたが、山際さんの大阪での行動を、念のために、調べさせていただきましたよ」

と、いった。

「つまり、警察は、私のことを、疑ったわけですね？」

「いや、疑ったということではなくて、念のためということですので、お気を悪くしないでください」

「それで、どういう、結論になったんですか？」

「全て、山際さんが、おっしゃっていた通りでした。四月五日の夜、新幹線で、大阪に行き、向こうの人材派遣の会社をやっている久保田という同業者の方に会って、会社の合併について話をされたことを確認しました。その後、大阪府の副知事や大阪市の市長なんかとも、お会いになって話をされたことも、間違いないという証言を得ました。四月八日、こちらで、事件のあったその日には、こちらの要請に応じて、わざわざ、大阪のＳＮタクシーの車で東京まで戻ってこられた。そのことも確認しました。全てにわたって、間違いありませんでした」

「それでは、私が、今回の殺人事件に、関係していないことは、お分かりになったんですね？」

山際が、きいた。

「いや、百パーセント関係がないとは、まだそこまでは、申し上げられません。それで、一つ質問していいですか？」

「ええ、結構ですよ。何でも、お聞きになってください」

「山際さんは、四月五日の結城あやさんの誕生日に、一千万円もする、金のトラの置物をプレゼントされたとききましたが、これは、本当の話ですか？」

「ええ、そうです。彼女の、誕生日のプレゼントとして、たしかに、一千万円する金で作ったトラの置物を贈りました」

「それだけ、結城あやさんに、ホレていたわけですね。それなのに、どうして、結城あやさんと、結婚されないんですか？」

十津川が、きいた。

「困ったな」

山際は、わざと、困ったような顔をし、一拍《いっぱく》置いてから、

「実は、これまでに、私のほうから、何度も彼女に、結婚を、申し込んでいるんですよ。ただ、彼女のほうは、たぶん、覚えていないでしょうが」

「覚えていないというのは、どういうことですか？」

「彼女に、結婚を申し込むのは、彼女と一緒に、お酒を飲んでいる時が多いんですよ。私も照れくさいので、お酒が入らないと、結婚してくれなんてことは、なかなか、いえませんから。ただ、彼女のほうは飲んでいると、その時のことを忘れてしまうことが、多いようなんです」

「それで、結婚しなかったんですか？」

「正直にいうと、彼女に、断わられたんです」

「結城あやさんは、どうして、山際さんの結婚の申し込みを、断わったんです？　何か理由があるんですか？」

横から、亀井が、きく。

「結城あやさんは、刑事さんも、ご存じのように、なかなかの、美人ですから、若い頃からやたらに、モテました。おそらく、今までに、何人もの男性と、付き合うのが楽しかったんじゃありませんかね。今だって、私とは別に、五十嵐勉という若いタレントと、付き

合っていたわけですからね。それが分かっているので、彼女が、もっと、落ち着いたら、すぐに、もう一度、結婚を申し込もうと、思っています」

「山際さんは、亡くなった、五十嵐勉さんと、あやさんのことを、前から、ご存じでしたか？」

「いえ、知りませんでした。ただ、彼女が、若いタレントと、付き合っていることは、何となく知っていました。彼女は、若いイケメンの男性が、好きでしたから」

と、山際は、いってから、

「それで、現在の状況は、どうなんでしょうか？　私は、彼女が、人殺しなんかできない人間であることは、よく知っていますが、彼女に、殺人の容疑が、かかっているんですか？」

「彼女が、五十嵐勉さんを殺したという、証拠はありません。ですから、今、彼女を逮捕することはありません。ただし、今のところ、結城あやさん以外に、容疑者がいないことも事実ですが」

と、十津川が、いった。

「動機がないでしょう？　彼女に、五十嵐勉さんを、殺す動機があるんですか？」

山際は、わざと強い口調で、いった。

「動機は、何もなかったといったほうが、いいかもしれませんが、実はここに来て、動機らしきものが出てきたんですよ」

と、十津川が、いう。

「いったい、どんな動機が、見つかったんですか？」

「五十嵐勉さんというのは、十人ほどの若いタレントたちの、グループがあって、その中の一人なんですが、グループの若者たちに会って、いろいろと、話をきいてみたんですよ。そうしたら、結城あやさんは、知り合った頃からずっと、五十嵐勉さんのことを、可愛がっていて、最初のうちは、五十嵐勉さんのほうも、それを喜んでいたようなんですが、そのうちに、五十嵐勉さんは、少しばかり鬱陶しくなってきたというんですよ。それで、仲間うちで彼女の話をすると、五十嵐さんの口から愚痴《ぐち》が出ていたということでした。何でも、結城あやさんの態度や言動が、あまりにも、ベタベタしすぎるので、助けてくれといいたくなる。それでも今の自分は、タレントとして、売れていないので、小遣《こづか》いをくれたり、車を買ってくれたりされると、やっぱり嬉しいから、じっと我慢をしているのだが、本音《ほんね》をいえば、今すぐにでも、彼女から、逃げ出したいんだ。五十嵐勉さんは、そんな話を、仲間にしていたらしいんですよ。ところが、ある時、そのことが、結城あやさんの耳に入ってしまったらしいというのです。それで、山際さんにお聞きするのですが、結城あやさんというのは、気が強くて、プライドの高い女性でしょう？　違いますか？」

「まあ、たしかに、どちらかといえば、気が強くて、プライドも、高いほうでしょうね。それは、間違いないと思います」

「そうですよね。それで、結城あやさんのほうは、陰で、そんなことをいいふらしている五十嵐勉は、絶対に、許せない。いつか、お仕置《しお》きをしてやると、いっていたそうなんです」

と、十津川が、いった。

山際は、話が、いい方向に、動いていると思いながらも、ここで、ニヤニヤしては、まずいと、考えながら、

「そうですか。そんなことを耳にしたとすれば、彼女が、怒るのも当然だとは思いますが、だからといって、彼女は、殺人なんか、しませんよ。そんなバカな女じゃありません」

更《さら》に強い口調で山際はいった。

「たしかに、あなたのおっしゃるように、そのくらいのことでは、人を殺しませんよ。しかし、それが、重なっていったらどうでしょうか？」

と、十津川が、いう。

「ということは、一つだけじゃなくて、重なって、いるんですか？」

「いや、まだそこまでは、調べておりません。そこで、山際さんに、一つ、お願いがある

んですが」

「お願いって、どんなことですか？」

「山際さんは、長いこと、結城あやさんと、付き合ってこられたんでしょう？　彼女のいい点、悪い点、それに、性格などを、一度ゆっくり、われわれに、教えていただけませんかね？　捜査の参考にしたいので」

と、十津川がいう。

「分かりました。それでは、近日中に、捜査本部に、お伺《うかが》いしましょう」

「よろしくお願いします」

十津川が、いい、二人の刑事は立ち上がって、社長室を出かけてから、亀井刑事が、社長のテーブルに、目をやって、

「それ、婚姻届じゃありませんか？」

と、いい、

「いつも用意されているんですか？」

「そうなんですよ。いつも、用意しているんですよ。彼女の機嫌が、いい時に、結婚を申し込もうと、思いましてね」

山際は、いった。

その後、念を押すように、

「私からも、刑事さんに、一つお願いがあります」

「何でしょう?」

「彼女の機嫌がいい時を、見計らって、私が、彼女と、結婚をしたがっているということを、伝えてくれませんか?」

と、山際が、いった。

「分かりました。彼女に、いっておきましょう」

と、いって、十津川は、ニッコリした。

8

山際を訪ねた十津川警部の話から、警察では、結城あやに、五十嵐勉を殺すだけの動機があったと見ているらしい。ただ確証がないので、結城あやを逮捕するところまでは、なかなかいかないらしい。

そこで、山際は密《ひそ》かに、私立探偵を雇って、死んだ五十嵐勉について、調べてもらうことにした。それも、大きな事務所を構えて手広くやっている探偵ではなく、個人経営の、私立探偵に頼むことにした。このことを警察などに知られたくなかったからだ。

山際は、その私立探偵に、

「金は、十分にはずむから、絶対に秘密厳守で、何としてでも、調べてもらいたいのだ」

私立探偵は、山際の申し出を聞くと、ニッコリ、笑って、

「調査依頼をされる方の七十パーセントは、絶対に秘密厳守でやってくれといわれますよ。こちらは、その点は心得ていますから、どうか、ご安心ください。あなたの名前は、絶対に、出さずに調べます」

「結城あやという女性がいる」

山際は、裏に年齢と住所を書いた結城あやの写真を、探偵に、渡した。

「彼女は独身で、写真のように、魅力もあるし、金もある。それで、若いタレントを可愛がっているんだが、タレントの一人が死んでしまって、彼女が、殺したのではないかという疑いが、かかっている。そこで、彼女と、死んだ若いタレントが、いったいどんな付き合い方をしていたのかを調べてほしい。もし、彼女が、殺したのだとすれば、殺すだけの理由が、あったのかどうかも調べてもらいたいのだ。それと、なるべく早く、調査報告書を届けてもらいたい。調査の費用は、必要であればいくらかかっても、構わないが、今もいったように、できるだけ早く調べてもらいたいこと。依頼主の私のことは、絶対に表に出ないようにしてもらいたいこと。この二点は、確実に、守ってもらいたい。できるかね？」

特別な調査なので、相応《ふさわ》しい料金を、払うが、もし、こちらの望むような調査報告書が

出た場合は、成功報酬《ほうしゆう》として、約束した調査費用とは別に二百万円払うと、山際は、約束した。

一週間以内に、最初の調査報告書を出すと、探偵が、約束したので、山際は、その一週間の間、もう一度大阪に行っていることにした。彼が探偵と会っていたり、あるいは、電話連絡していることが分かってしまうと、困ることに、なるからである。

9

山際はわざわざ、十津川警部たちには、一週間、大阪に行って、仕事をしてくると伝えたが、結城あやに対しては、大阪行きのことは黙っていたし、調査を依頼した私立探偵には、一週間、全く連絡を、取らなかった。

ただし、大阪に行っていても、新聞の記事や、テレビのニュースは、しっかりとチェックしていた。自分が大阪にいる間に、事件がどう動くかが、分からなかったからである。

一週間念入りに、ニュースを見ていたが、事件の捜査は、ほとんど進展していないように見えた。警察は、明らかに、結城あやに疑いの目を向けてはいたが、決定的な証拠が見つからないので、逮捕はできないし、起訴もできない。そんな状況に、見えた。

山際は、密かに、こう思った。

（あと一押し、警察の背中を、押したら、おそらく、結城あやを殺人容疑で、逮捕するだろう。その力を、今度調査を頼んだ私立探偵が見つけてくれれば、それで万々歳《ばんばんざい》なんだが——）

一週間が経《た》ち、山際は、仕事を終えた形で、東京に、戻った。

山際は、東京に着くとすぐ、私立探偵に電話をかけた。

「頼んでおいた調査報告書は、もうできたかね？」

山際が、きくと、相手の私立探偵は、いかにも、自信ありげに、

「お客様に満足していただける調査報告書ができましたから、これから、そちらにお持ちしますよ」

一時間もすると、私立探偵が、会社の社長室に、姿を現わした。

「すぐに、調査報告書を読みたいのだが」

山際が、いうと、私立探偵は、カバンから取り出した調査報告書を、山際の前に置いた。

ところが、その調査報告書は、一通ではなく、なぜか、二通だった。

「調査報告書が二通あるが、いったい、どういうことなんだ？　まさか、調査報告書の続きということじゃないだろうね？」

山際がきくと、

「もちろん、二通とも、きちんとした調査報告書です。一通は、無難な調査報告書で、もう一通は、お客さんの、期待に沿えるような調査報告書になっています。そのどちらを、お使いになるかは、お客さんのご自由ですから、お任せしますよ。無難な一通だけでしたら、成功報酬はいただきませんが、もう一通のほうでしたら、お約束した二百万円の成功報酬をいただくことになります」

と、私立探偵が、いった。

「分かった。それでは、念のために、二通とももらうことにしよう」

山際は、前もって用意しておいた二百万円を、私立探偵に渡した。

「この件は、これで、終わりだ。何もなかったことにしたい。私に頼まれて、君が、結城あやという女性のことを、調べたことは、誰にもいわないこと。また、この場限りで、君が見聞きしたことを、全て忘れてもらいたい。いいね？」

と、山際が、念を押すと、私立探偵は、ニッコリして、

「大丈夫です。ご安心ください。全て分かっておりますから」

山際は、ひとりになると、二通の調査報告書に目を通すことにした。

山際は、コーヒーを淹《い》れ、それを、飲みながら、努めて落ち着いて、調査報告書を、読んでいった。

まず一通目の、調査報告書には、結城あやは、若い才能のあるタレントを可愛がってい

て、特に、五十嵐勉の才能にホレていて、彼の誕生日には、高価なベンツの新車を、贈ったりしていたと、書いてあった。

しかし、五十嵐勉のほうも、自分が年上の結城あやに可愛がられていることを、それなりに楽しんでいて、仲間にも、それを自慢していたとも書いてあった。これでは、山際もすでに、知っていることが書いてあるだけである。

山際は失望し、もう一通の、調査報告書のほうに目を移した。

一通目の、調査報告書の内容とは違って、こちらの調査報告書のほうは、最初から、最後まで、山際を喜ばせるような言葉と、文章になっていた。

「結城あやと、五十嵐勉が知り合ったのは、今から半年ほど前である。

二人は、知り合ってすぐに、親しくなり、特に、結城あやのほうが、若い五十嵐勉に、夢中になった。五十嵐勉の誕生日には、新車のベンツを、贈った。

最初のうち、五十嵐勉も、美人の女性に、可愛がられることに満足し、喜んでいたし、また、周りにいた仲間の若いタレントたちも、五十嵐勉のことを、羨《うらや》ましがっていた。

ところが、あまりにも、結城あやの愛情が強く、何かというと五十嵐の生活に干渉《かんしょう》してくることに、次第に、それを嫌悪《けんお》するようになっていった。

仲間たちとの間で、恋愛や異性について話し合うような時になると、最初こそ、五十嵐勉は、結城あやのことを、自慢げに話していたが、そのうちに、彼女の話を次第にしなくなり、自分は、一人で、やっていきたい。年上の女の助けなど、借りたくないと、いい始めた。

そのうちに、結城あやが誘っても、何かと理屈をつけて、誘いに応じなくなった。そのことで、ケンカをし、怒った結城あやが、五十嵐勉の顔を、平手打ちにすると、それまで、黙っていた五十嵐勉が、殴《なぐ》り返して大騒ぎになったことがあったという。

それでもなお、結城あやは、しきりに、五十嵐勉を誘ってくるので、五十嵐勉は、ある時、仲間に、今度、彼女のマンションに行った時には、きっぱりと、別れること、もう、自分の人生には、干渉しないでくれと、彼女に話すつもりだといった。

仲間たちは、五十嵐勉が、はっきりと、結城あやとは、別れるというので、逆に心配になり、ああいう年上の女というのは、いざとなると、怖《こわ》いから、別れるにしても、なるべく相手を怒らせないようにして話したほうがいいよと、忠告したり、面と向かって別れるとはいわないで、しばらく、どこかに、姿を消して、それとなく、もう、会うつもりのないことを分からせたほうがいいのではないかと、心配していう者もいた。結局、五十嵐勉は、結城あやに、誘われるままに、彼女の六本木のマンションを訪ねていき、殺されてしまった。

事件のことをきいた、仲間の若者たちのほとんどが、あれは五十嵐勉が、別れ話を切り出したために、結城あやが怒って、五十嵐勉を殺してしまったんだろう。そうに違いないと、話している」

最後まで読んだ山際は、そこに、一枚の紙が折って、はさんであることに気がついた。

その紙を広げてみると、こんな文字が、書いてあった。

「お客様へ。

こちらの調査報告書を、お使いになる場合は、私に連絡してください。

多少、金額は、張ることになりますが、この調査報告書が、ウソでない状況を、急遽《きゆうきよ》、作ってさしあげることを、お約束いたします」

10

山際は、しばらく迷ってから、私立探偵に、電話をかけた。

「ありがとうございます。やはり、電話をくださいましたね。かかってくると、思っていましたよ」

電話の向こうで、私立探偵が、勝ち誇《ほこ》ったような声で、いった。

「調査報告書にはさんであった紙に、ウソでない状況を作ってくれると書いてあった。いったい、どういう状況を、作ってくれるのかね？　そういう状況を、作ってくれたら、君に、いくら払ったらいいのかね？」

山際が、きいた。

「亡くなった、五十嵐勉の仲間が、全部で十人ほどいます。この十人を集めて、あなたが満足するような方向に、おしゃべりを持っていき、録音します。その費用として、さらに百万円いただきたい」

と、私立探偵が、いった。

「もう百万円出せば、本当に、私が満足するものができるのかね？」

「大丈夫、できます。それがご不満の場合は、一回だけ、そちらが、どこを、どう直したらいいのか、どういう方向に持っていったらいいのかを、いっていただければ、その方向に、私が、持っていきます。それでOKならば、私の口座に、百万円を、振り込んでいただきます。そうですね、百万円が振り込まれ次第、三日の間に、あなたが、満足されるような若者たちの声を集めて、そちらに、持っていきますよ」

と、私立探偵が、いった。

「分かった」

と、いって、電話を、切った後、山際はすぐ、私立探偵のいった銀行口座に、百万円を、振り込んだ。

約束通り、百万円を、振り込んだ三日後に、録音されたテープが送られてきた。

山際はその場で、テープを聞いた。

たしかに、調査報告書に、あったように、死んだ五十嵐勉の、若い仲間たち十人が、口々に発言しているテープである。

五十嵐勉に対して、結城あやに会って、きっぱりと、別れるといっているが、あまり強い調子でいうと、危ないぞと、心配する声があったり、すぐに、逃げ出して、一年くらい、どこか外国に行っていろと、アドバイスする友達もいる。

そのテープを全て、聞き終わった後、山際は、不機嫌になった。

山際は、すぐに、私立探偵に電話をかけて、

「君が送ってくれたテープを、聞いたが、これでは、決定的な話に、なっていないじゃないか。私が欲しいのは、五十嵐勉が、結城あやに、間違いなく、殺されたということなんだ。そのためには、証拠は、ないかもしれないが、もう少し、決定的な証言がなければダメだ。これでは、五十嵐勉が、結城あやに殺されたようにも、思えるし、殺されるはずはないようにも、思えてしまう。その点を、大至急訂正してほしいのだ」

「分かりました」

と、私立探偵は、いった。

「分かりました。一度は訂正いたします。そのために、余計なお金は、一切いただきませんので、ご安心ください。その代わり、あと二日だけ、お待ちください。あなたが、満足される録音テープを作って、お届けします」

二日後、向こうが約束した通り、一本の録音テープが、届けられた。

今回も、録音テープは、届いたが、私立探偵は、来なかった。一回だけは、テープを修正するが、それに対しては、余分な金銭は、要求しないという。これは、私立探偵の、言葉通りの行動なのだろう。

そう推測して、山際は、新しいテープを聞いた。

そして、満足した。

11

前のテープと同じように、五十嵐勉の若い友達十人がしゃべっているのだが、それは、前のテープに比べると、明らかに、激しく、激烈な調子のものだった。

「五十嵐は、彼女のことで、こんなことをいっていたよ。最初のうちは、可愛がってくれたり、高価な誕生祝いを、くれたりするのが嬉しかった。しかし、ここに来て、あまりにも、それが、押しつけがましくなってきたので、辟易《へきえき》しているんだ。どうやら、彼女にもそれが分かったらしくて、先日は、あの女が、もし、あなたが、私と別れようとしたら殺してやると、いわれた。真顔《まがお》だったから、正直怖かった。五十嵐は、そういっていたよ」

と、五十嵐の仲間の一人が、いう。

続いて、もう一人が、いう。

「だから、俺は、危ないから、結城あやという女には、二度と近づかないほうがいいと、いったんだ。そうしたら、五十嵐は、こういったよ。俺が、これから先も芸能界で生きていく上で、どうしても、あの女と顔を合わせて逃げられない。だから、今後呼ばれたら、きっぱりと、話をつけてくるつもりだ。もし、俺が死んだら、あの女に殺されたと思ってくれ。そんなことまで、五十嵐は、いっていたよ」

仲間の中にいる女性の証言は、次の通りだった。

「私は同じ女だから、よく、分かるんだけど、結城あやという女は、本気で五十嵐クンのことを、好きになっているんだと思うの。だから、もう、ほかの女には、五十嵐クンを絶対に渡したくないと思っている。そんな気持ちが彼女の顔に、表われているわ。ああなると、女は、本当に、怖いわね。何をするか分からないから」

そのほかには、友達のこんな声もあった。

「これは、五十嵐が酔っ払った時に話したんだが、あの女から、首を絞められて、危《あや》うく殺されそうになったといっていた。何でも、酔った挙句《あげく》に、彼が、この辺で、別れて、自分の道を進みたいと、いったらしいんだ。そのあと、酔っ払って、眠りかけていたら、いきなり、首を、絞められたんだそうだ。あの時本当に眠っていたら、首を絞められて、死んでいたかもしれない。五十嵐のヤツ、そんなことをいっていたよ」

「結城あやというのは、女の、ストーカーなんじゃないのか？」

と友人の一人が、いう。

「警察に、一度、相談に行ったほうがいいんじゃないのか？」

「しかし、芸能界に近いところに住んでいるんだし、一応、先輩だからね。公《おおやけ》の場でというか、テレビに出ている時に、あの女が、彼を脅《おびや》かしているわけじゃないから、警察に行っても、取り上げては、くれないんじゃないかな？」

「俺たちで、何とか、助けられればいいんだが、何しろ、男と女の問題で、呼ばれれば、どうしたって、五十嵐は、あの女と、二人きりで会うことになるから、俺たちには、どうしようもない」

そんな話や言葉が、テープには、吹き込まれていた。

12

時間が経っても、一向に、捜査一課の十津川たちが、結城あやを、殺人容疑で逮捕する気配がない。

十津川が、亀井刑事を連れて、再び、山際を訪ねてきた。

山際は、二人を社長室に招《しよう》じ入れ、若い社員に、コーヒーを運ばせた。

「捜査は、どんな具合に、なっているのですか？」

山際が、きいた。

十津川が、小さく、ため息をついて、

「正直にいって、お手上げの状態ですね。完全に、壁に、ぶつかってしまいました」

「そんなに難しい、事件なんですか？」

山際が、きくと、十津川は、

「いや、表面的に見れば、むしろ簡単な事件です。難しいことは、何一つありません。何しろ、一つの部屋の中に、二人の男女がいて、女が、勧めたワインを飲んで、男が死んだ。そのワインの中には、青酸カリが入っていた。それだけの、簡単な事件なんです。現場には、今もいったように、被害者と、犯人の二人しかいませんでしたしね。ただ、犯人、結城あやが五十嵐勉という、若いタレントを殺さなくてはならない動機が、全く、分からないのですよ。結城あやは、五十嵐勉のことを、可愛がっていました。誕生日には、ベンツの新車を贈っていたそうですからね。われわれとしては、何か、彼女が、彼のことを、憎んでいたとか、殺したがっていたとかいう、動機が欲しいのですが、それが、見つからないのですよ」

「動機さえ分かれば、逮捕ということですか？」

「そうですね。容疑者は、今のところ、結城あやさん一人だけですから、動機が分かれば、即、逮捕するつもりでいます。それが、肝心《かんじん》の動機が、いくら調べても、浮かんでこないのです」

そこで、山際は、

「実は」

と、切り出した。

「私は、警察とは、反対に、結城あやさんが、絶対に、犯人ではあり得ないと、信じています。そこで、何とかして、彼女に、有利な状況、あるいは、証言が得られないかと思って、私立探偵に、頼んで、今度の事件について、調べてもらっていたんですよ。その調査報告書が、テープの形で、でき上がりました。死んだ五十嵐勉の仲間、若い男女十人の声を、集めたテープです。それが、少しでも、捜査のお役に立つと思われたらおききになってください」

山際は、問題のテープを取り出して、十津川の前に、置いた。

「山際さんは、そのテープを、おききになったんでしょう?」

「はい。何回も、ききました」

「それで、どんな感想を、お持ちになりましたか?」

「それは、今は、私の口からは申し上げられません。テープを持ち帰ってきいてくだされば、十津川さんなりの感想が、出てくると思いますから、それで判断してください」

とだけ、山際は、いった。

二人の刑事は、そのテープを持って、帰っていった。

翌日の朝、山際は突然、捜査本部に、呼ばれた。

出かけていくと、そこには、結城あやの姿もあった。

13

山際と、結城あやを前に、まず、十津川警部がいった。

「今回の殺人事件は、見方によっては、ひじょうに、簡単な事件でした。一つの、部屋の中に二人の人間、つまり、男と女がいて、青酸カリ入りのワインを飲み、男のほうが死にました。形としては、女が、男を殺した。そういう事件です。調べてみると、二人が飲もうとしていたグラスの中に、青酸カリが入っていたのです。そうなると、問題は、殺人の、動機ということに、なってきます。女に、男を殺さなければならない動機が、あったのかどうかということです。ところが、この動機が、はっきりしない。そんな時、こちらにおられる、山際さんが私費を投じて私立探偵を雇い、死んだ五十嵐勉の仲間、若い十人の話を、テープにとって、私に渡してくれました。これがそのテープです。これからテープを、おきかせします」

十津川は、テープを、結城あやと山際、そして、捜査を担当した、刑事たちに、きかせることにした。

五十嵐勉の仲間の若者たちの声が、流れてくると、結城あやの顔が、次第に、険《けわ》しくなっていった。

そして、突然、

「テープを、止めてください！　こんなのウソだわ！　どうして、この人たちは、こんなウソばかり、ついているの！」

と、大声を出した。

十津川が、テープを止めた。

「結城あやさんに、申し上げますが、これは、そこにいる、山際さんが、私費を出して私立探偵に頼み、死んだ五十嵐さんの仲間の声をテープに、録音したのです。それでも、ウソだというのですか？」

「ウソに決まっていますよ。私を犯人にしたくて、たぶん彼が、お金を使って、ウソの話をでっち上げたんだわ。そうに決まっているわ」

結城あやが、山際を、にらみつけた。

「そうなんですか？」

十津川が、山際の顔を見た。

「ちょっと待ってください。前々からいっているように、私はずっと、結城あやさんの無実を、信じているんですよ。彼女が、殺人をするはずがないと思っているんです。それで、何とかして、捜査のお手伝いになるようなことがしたいと、思って、私立探偵に、依頼したんです。ですから、このテープの中には、私の意見は、全く入っていませんよ。事実だけが入っているんです」

山際がいう。

「そんなのウソだわ。この人は、私のことを無理やり、犯人に仕立て上げたいだけなんだわ。そうに、決まっている」

「バカなことはいわないでください」

山際が、大声で応じる。

「お二人とも、少し、静かにしてもらえませんか」

十津川が、いった。

「このテープですが、山際さん、あなたは、何か、細工をしましたか？」

十津川が、きく。

「細工？ めっそうもない。そんなことを、私が、するはずがないじゃありませんか。どうして、私が、そんなことを、しなくてはいけないんですか？」

「そうですか。それでは、もう一つの、テープがあるのできいてください」

そういって、十津川が、もう一本のテープを持ってきて、それを、二人にきかせることにした。とたんに、山際が、がくぜんとした。

そのテープは、山際が、私立探偵に頼んで作ってもらったテープのうちの、彼が、要《い》らないといったほうの、テープである。間違いなかった。流れてくる声は、いずれも、死んだ五十嵐勉は結城あやと別れるといっているが、強くいうと危ない、と心配したり、逃げて、外国に行けと、アドバイスしたり、そんな声ばかりだった。

それを、きいているうちに、山際の顔が、だんだんと青ざめてきた。

「このテープは、山際さん、あなたが、私立探偵に頼んで、死んだ五十嵐勉さんの仲間からきいた話を、録音したものじゃありませんか？」

十津川が、きく。

「いや、私は、こんなテープ、知りませんよ。今、初めて、ききました」

山際は、思わず大きな声を出して、いった。

「本当に知りませんか？　初めてきいたものですか？」

「そんなテープは、きいたことがありません。本当です」

山際が、いうと、十津川が、ドアのほうに向かって、

「おい、橋本《はしもと》君、ちょっと、来てくれ」

と、声をかけた。

その声で、一人の男が、入ってきた。

「ご紹介しましょう。現在、私立探偵をやっている橋本豊《ゆたか》君です。彼は警視庁捜査一課の元刑事で、私の部下だった男です。お会いになるのは、結城あやさんは初めてでしょう

が、山際さんは、彼のことをよくご存じですよね？　あなたが今回、結城あやさんを、犯人に仕立て上げようとして、それに合致《がっち》する調査報告書を作るように依頼した私立探偵ですからね」

と、十津川が、いった。

橋本豊が、口をひらいた。

「こちらにいる山際さんに、ある事件についての調査報告を、頼まれました。すでに、新聞にも報道されていた殺人事件についての、調査依頼でしたから、警察以外の人が、どうして、私立探偵の私に、事件について、調べさせるのか、不思議に思って、山際さんとの交渉内容を全て、録音しておきました。その経緯をこれから、そのまま、お話ししたいと思います」

橋本は、ちょっと間《ま》を置いて、話を、続けた。

「山際さんは、こう、おっしゃいました。結城あやさんと、亡くなった、五十嵐勉さんとの関係を、調べてもらいたいと。ところが、話をきいているうちに、何となく、この人は、結城あやさんが犯人になるような調査報告書を作ってもらいたがっていると思えました。そこで、その真相を知りたくて、わざと二通りの調査報告書を作ってみたのです。一つは、さっき、ここで皆さんが、きかれたような、ありのままの、調査報告書です。もう一つは、死んだ五十嵐勉さんの若い仲間たちが、しきりに、友人の五十嵐は、結城あやさんに殺されたに、違いないといっている声を集めた調査報告書です。その二つを用意して、山際さんに、お届けしたら、案の定、そちらの、いわば、ウソの、調査報告書のほうに、興味を示されたのです。山際さんは二百万円を、出して、ウソの調査報告書を、買い取られたのです。更に山際さんは、私にこういわれました。これでは、結城あやさんが、犯人だという決定的な調査報告書になっていない。もっと強い、彼女が、犯人に違いないという声を入れてくれと、いわれたのです。そこで、私は、それならあと、百万円払っていただけるのであれば、それらしいテープを作ってお渡ししましょうと約束しました。時間がないので、今度はテープにしました。すると、山際さんは、即座に、百万円を払われ、やってくれといわれました。そこで、私は、もう一度、五十嵐さんの仲間十人に会い、私が書いたストーリーにしたがって、発言してくれるようにと、頼みました。あれは、全くのデタラメなテープで、私が、山際さんの要望に応えて、シナリオを作り、その通りに、五十嵐勉さんの仲間十人に、しゃべってもらったのです。ところが、それでも、山際さんは、満足せず、もっと強い、誰がきいても、結城あやさんが、犯人だと思うようなテープが欲しいといわれたのです。その時、私は確信しました。真犯人は、この山際さんだとです」

14

山際には、自分の身体が、まるで、床に押しつけられてびくとも動かないように、重く感じられた。

大声で叫びたいのだが、叫べば、たぶん、もっと、致命傷になりそうなことをしゃべってしまいそうな気がした。

彼が黙って下を向いていると、十津川が、いった。

「問題のワインに、青酸カリを、入れておいたのは、あなたですね？　そうでしょう、山際さん」

「違う」

山際は、やっと、かすれたような声を出した。

「ワインに、青酸カリを入れたのは、私じゃない。結城あやだ。そして、それを五十嵐勉に飲ませたんだ」

「山際さん、ここまで来て、少しばかり、往生際《おうじようぎわ》が悪いんじゃありませんか？　そろそろ、本当のことを、話してくれてもいいんじゃありませんか？」

それでもなお、山際が、何もいわずに黙っていると、十津川は、声を大きくして、

「最近、結城あやさんは、自分がストーカーに狙われているような気がして仕方がなかったそうです。そこで、自宅マンションの各部屋に、監視カメラを、つけたんです。そのことに、あなたは、気がつかなかったようですね。結城あやさんも、最近になって、その録画に、何か、映っているのでは、と思い出しました。四月五日に、その監視カメラが録画したものが、ありますから、まず、それを見てみましょう」

大型のテレビに、監視カメラの映像が、映し出された。

睡眠薬で眠らせた結城あやを、ベッドに運んでいった後、山際が、テーブルの上の、グラスを片付けたり、ワインのボトルを、しきりに拭《ふ》いて、指紋を消そうとしているところが、映《うつ》っている。

そのあと、青酸カリを入れたのだが、そこは、山際の身体の、陰になっていて、よく見えない。

十津川は、テレビのスイッチを切って、

「このテープを見ると、明らかに、あなたが、持参したワインのボトルに、何やら細工をしていますね。ただし、青酸カリを、混入しているところは、映っていない。しかし、あなたは、青酸カリを、ボトルに注入した。そうしておいて、残ったワインをいつか、結城あやさんが飲んで、自殺したことに、なればいいと、考えていたんでしょう。ところが、結城あやさんが、そのワインを、自分が、可愛がっていた五十嵐勉に飲ませてしまい、殺してしまったのです。そのことを知った山際さんは、考えを変えて、結城あやさんを、五十嵐勉を殺した犯人に、仕立て上げようとした。ただ、動機が、はっきりしない。そこで、こちらの、私立探偵に頼んで、無理やり動機を、作った。少しばかり、あなたは、やりすぎたんですよ。違いますか？」

十津川は、急に厳《きび》しい口調になって、

「山際卓郎、君を、殺人容疑で逮捕する」

と、いった。

姨捨《おばすて》駅の証人

1

警視庁捜査一課の刑事の中には、旅行が趣味という者が多い。日頃、殺人犯や強盗犯を追いかけるような殺伐《さつばつ》とした仕事をすることが多いせいもあってか、どうしても休みの時には、旅行に出かけて、海や山など地方の優しい自然に触《ふ》れたいと思うようになるのだろう。

刑事歴二十年というベテラン亀井《かめい》刑事の趣味も旅行である。特に、今回のような苦労した殺人事件の捜査がやっと解決した後では、ひとりでゆっくりと旅行を楽しみたいと、思ってしまうのだ。

そこで、しばらく休みの取れなかった亀井は、二日間の有給休暇をもらって、前々から行きたいと思っていた旅行に出発することにした。

亀井は新宿《しんじゅく》発午前八時の「スーパーあずさ5号」に乗った。中央《ちゅうおう》本線である。中央本線に乗るのは、久しぶりだが、前に乗った時、不思議な気がしたことを、亀井は覚えている。

中央本線は、正式には東京—名古屋《なごや》間の四百二十四・六キロメートルを走る幹線である。

しかし、地図を見ると、どうしても中央本線東線《とうせん》と中央本線西線《さいせん》の二本の路線があるように見えてならない。その上、中央本線には、新宿―名古屋間を走る直通の列車がない。

だから、もし、新宿から中央本線を利用して名古屋まで行こうとしたら、まず「特急あずさ」に乗って塩尻《しおじり》か松本《まつもと》に行き、そこから、今度は「特急しなの」に乗り換《か》えて名古屋に行くことになる。その上、塩尻までがＪＲ東日本で、名古屋・塩尻間はＪＲ東海ということになる。

したがって、新宿から名古屋に行くために、あるいは逆に、名古屋から新宿に行くために、わざわざ不便な中央本線に乗ろうという者は、よほどの鉄道マニアではない限り、おそらく一人もいないだろう。

亀井にいわせれば、両方の線を中央本線と呼ぶのがおかしいのである。分かりやすくしたければ、塩尻で分けて、中央本線東線、中央本線西線という名前にすべきだろう。

今日、亀井が新宿から午前八時発の「スーパーあずさ5号」に乗ったのも、もちろん名古屋に行くためではない。松本に行くためである。

新宿駅は、東京都内の駅の中で最も乗降客の多い駅だといわれている。亀井の乗った「スーパーあずさ5号」は、都会の喧騒《けんそう》の中を出発した。

しばらくの間、「スーパーあずさ5号」は、都会の景色の中を走る。

亀井は、郷里の青森《あおもり》から、東京に出てきたばかりの二十代の頃、しばらく、中央線の中《なか》野《の》に住んでいたことがあるので、なじみのある風景が、続く。

八王子《はちおうじ》を過ぎる頃から、窓の景色が少しずつ変わってくる。都市の景色から田園の景色に変わってくるのだ。

嬉《うれ》しいことに、今日は空気が澄《す》んでいるとみえて、富士山《ふじさん》がくっきりと、美しい姿を見せている。

亀井はデジタルカメラを取り出すと、数回シャッターを切った。

しばらくすると、今度は、車窓に高尾山《たかおさん》が見えてくる。高尾山は、亀井の好きな山の一つである。それは、子供と一緒に気軽に登れるからである。

今日は一人での旅行なので、帰りには、子供たちへのお土産《みやげ》を買ってこなくてはならない。

亀井が、そんなことを考えているうちに、列車はトンネルに入った。

小仏《こぼとけ》トンネルである。

トンネルを抜けると、東京とはサヨナラで、神奈川《かながわ》県下に入る。

九時一分、山梨《やまなし》県の大月《おおつき》に到着。

何カ月か前、家族を連れてこの大月で降り、富士急行に乗って富士五湖に行った時のことが思い出された。

そのうちに、亀井は、いつの間にか眠ってしまった。

厄介《やっかい》な殺人事件の捜査が終わったのが、昨日の夕方だった。それ以前からほとんど眠ることができなかったから、亀井が、つい眠ってしまったのも当然かもしれない。

亀井が目覚めると、窓の外に南アルプスの山々が、雪が残った白い山頂を見せて連《つら》なっている。

次の駅は塩尻だった。山国に入ったことが実感できる。

そして、その次の駅が、終着駅の松本である。

亀井は、松本で「スーパーあずさ5号」を降りた。

今日、亀井が行こうと決めたのは、昔話に出てくる伝説の里がある姨捨《おばすて》駅である。特急列車に乗っていくと、無人の姨捨駅は通過してしまう。

亀井はホームで、駅弁を買い、それを食べながら普通列車の到着を待った。亀井が乗ろうとするのは、松本から長野《ながの》までの篠ノ井《しののい》線である。普通列車に乗れば、姨捨駅に、停まるのだ。

姨捨駅は、昔話の駅として有名だが、同時に中央線の中のスイッチバック駅としても有名である。

特急に乗ってしまうと、スイッチバックは通らず、まっすぐ、長野に行ってしまう。

亀井が、駅弁を食べ終った頃、篠ノ井線を通る長野行の、普通列車がやって来た。二両編成という短い列車だが、平日にもかかわらず、車内は意外に混んでいた。

列車は松本を出ると、田沢《たざわ》、明科《あかしな》、西条《にしじよう》、坂北《さかきた》、聖《ひじり》高原、冠着《かむりき》と停まっていく。その次が姨捨駅である。

姨捨駅は無人駅なのに、ここで、ドッと乗客が降りた。めいめい、デジカメを片手に持っているから、亀井と同じように、この姨捨駅を撮《と》りにやって来た鉄道マニアだろう。

姨捨駅は、無人駅にしては、駅舎がわりと大きくて、休日には、ボランティアの職員がいる。観光を目的に、この駅で降りた乗客たちが、いろいろと質問をするので、それに答えるために、交代で、駅に待機しているのだろう。

駅舎に入ると姨捨伝説の絵が、ストーリーの順番に並べてあった。

この地は松尾芭蕉《まつおばしよう》の田毎《たごと》の月でも有名である。そのため、ホームには、芭蕉の句碑《くひ》が建っていた。

姨捨駅で、亀井と一緒に降りた乗客は、十人ほどだが、すでに数人の先行の乗客がいて、しきりに、写真を撮っている。駅舎の天井にかかっている姨捨伝説の絵を撮っている者もいれば、芭蕉の句碑を撮っている者もいる。

さらに、向かいのホームに向かって、跨線橋《こせんきよう》を、駆け上がっていく若い男女もいた。こちらのホームには、駅舎があったり、芭蕉の句碑があったりするのだが、反対側のホームでは、善光寺平《ぜんこうじだいら》や田毎の月で有名な、段々畑が眼に入ってくるからだろう。

その上、反対側のホームには、一カ所、デベソのように突き出たところがあり、そこから善光寺平がよく見えるらしく、交代で、盛んにカメラのシャッターを切っている。

亀井が乗ってきた普通列車は、スイッチバックに入るために、逆行していった。

亀井は、ホームを、走り回る若い鉄道マニアたちの動きに苦笑しながら、まず駅舎に入り、何枚か並べてある姨捨伝説の絵を鑑賞することにした。

姨捨伝説の話は、亀井も知っていた。

昔、生活に困った男が、年老いた母を背負《せお》って山に捨てに行く。それが姨捨伝説の話である。

しかし、実際に、この、姨捨駅に来てみると、その姨捨伝説にも、いろいろあることが分かった。

ホームに飾ってある絵によれば、この姨捨に伝わっている伝説は、若者が年老いた母を山の中に捨てようと思い、いったんは母を山に残してきたが、やはり、捨てきれずに、また山に登って背負って戻ってくるという話になっていた。

生活のために、年老いた母を山に捨てる話よりは、もう一度、山に登って連れ帰る話のほうがほっとするのだが、姨捨伝説の本来の意味からすれば、山に母親を捨ててしまうストーリーの方が正しいのかもしれない。

一休みしてから、亀井は跨線橋を渡って、反対側のホームに向かった。

ホームの一カ所に膨《ふく》らみをつけたのは、写真を撮りやすくするためだろうが、ホームに行ってみると、なにより驚いたのは、椅子《いす》が全て線路側ではなくて、善光寺平の方向に向いていることだった。

そうした配慮をするだけ、この駅で写真を撮るためにわざわざ降りる乗客が多いということなのだろう。

亀井は一通り、善光寺平の景色を撮ったり、反対側のホームから駅舎や芭蕉の句碑を撮ったりした後、今度は、カメラを、人間のほうに向けてみた。

最近のカメラは、小さなデジカメでも交換レンズを付けられるようになっているものがある。亀井が持ってきたデジカメもそうである。そこで、さっそく望遠レンズを取り付けて、反対側のホームを走り回っている乗客にカメラを向けた。

一人で動いている者もいれば、二、三人のグループでお互いに写真を撮り合っている者たちもいる。

亀井は、そんな乗客たちに向けて、カメラを、流すようにして、撮っていたが、そのカメラが、突然、止まってしまった。亀井の持つカメラの先に、一人の女、いや、男か写っていたからだ。

少しばかり、異様な人間だった。

よく見れば、男なのだが、一昔前のハリウッドの女優がかぶっていたような、つばの広い黒の帽子を斜《なな》めにかぶっている。そして、白いセーターと白いスラックスを身につけ、その上に黒のコートを羽織《はお》っている。セーターには、大きなシャネルのマークが入っているが、多分偽物《にせもの》だろう。

白と黒というのは、シャネルの配色だが、どこかズレているような感じの服装である。背がかなり高い。おそらく、そのことも全体的にシャレた感じに見えない理由になっているのだろう。少し間が抜けて見えるのだ。

亀井は、その相手に向けて何回かシャッターを切ったが、そのうちに、亀井のレンズの中から相手が消えた。

亀井は、慌《あわ》てて、その男の姿を探したが、ちょうど、普通列車が、ホームに入ってきて、亀井の視線が、遮《さえぎ》られた。

亀井は急いで跨線橋を渡り、反対側のホームに降りていったが、その時、普通列車が動き始めていた。スイッチバックに向かって、後ずさりしていくのである。

ホームに、さっきの男はいなかった。おそらく、今動き出した普通列車に乗ってしまったのだ。

亀井は、しばらく迷っていたが、携帯電話を取り出すと、東京の警視庁捜査一課に電話をかけた。

十津川《とつがわ》警部を呼び出して、

「亀井です」

「やあ、カメさん。たしか今日から二日間の休暇だったな。どうだい、楽しんでいるかい？」

と、十津川の声がきく。

「実は、急に用事ができまして、これからすぐ東京に戻ろうと思っていますが、そちらに着きましたら、警部と二人だけで内密にお話ししたいことがあります」

「無理をしなさんなよ。久しぶりに取った休暇なんだから、ゆっくり体を休めたほうがいいぞ」

と、十津川が、いう。

「ええ、分かっています。しかし、一刻も早く警部にお話ししたほうがいいと思うことができたので、今日の夕方には東京に戻ります。戻ったらすぐまた電話を差し上げます」

と、亀井が、いった。

「何か分からないが、とにかく、カメさんの帰りを待っているよ」

と、十津川が、いった。

2

亀井は、何とか五時すぎには、新宿に着き、もう一度、十津川に電話をかけた。

「亀井です。今、新宿に戻ってきたところです」

といらと、十津川が、

「例の殺人事件も解決して、今日は、六時には捜査本部を出られるから、新宿で会おう。久しぶりに二人で、夕食を食べようじゃないか。その時に、カメさんの大事な話とやらをきくことにするよ。私が行くまで、どこかで待っていてくれ」

と、いってくれた。

二人は亀井の提案で、新宿西口の雑居ビルの中にある中華料理店で落ち合うことにした。亀井がその店を選んだのは、個室があるからだった。

亀井が先に店に着いて、メニューを見ているところに、十津川が到着した。

その店は、麻婆豆腐《マーボーどうふ》がおいしいと聞いていたので、二人は麻婆豆腐とライス、そして、スープを注文した。

食事が始まる。

だが、亀井は、肝心《かんじん》の話をなかなかしなかった。

食べ始めてしばらくすると、十津川が食事の途中で箸《はし》を止めて、

「そろそろ、カメさんの話をきこうじゃないか」

と、いった。

「実は、今日、長野県の姨捨駅に行ってきたのです。鉄道マニアがよく行く、例の姨捨伝

説の駅なのですが、そこでこの写真を撮りました。まず、この写真を見てください」

亀井は、自分のカメラの画面に、三枚の写真を次々に映して、それを十津川に見せた。

「カメさんは、人物に興味を持って写真を撮っているのか」

と、いいながら、十津川は、写真を見ていたが、

「これは――」

と、いったまま、突然、押し黙ってしまった。

「そうなんですよ」

と、亀井が、いった。

「どうしても気になったので、写真に撮って、警部にお見せしようと思って戻ってきたんです」

「そうか、こんなヤツが、本当にいたのか。これは驚いたな」

「そうなんです。姨捨駅にいたんですよ、本当に」

亀井が、いうと、十津川は、一瞬考えた後で、

「カメさん、これから本庁に戻ってくれないか?」

「分かりました。今すぐ行きましょう」

と、亀井が、応じる。

二人は、食事の途中だったが、支払いを済ませると、店を出た。

地下鉄で新宿から霞ケ関《かすみがせき》まで出て、警視庁のビルの中に駆け込んだ。

捜査一課の部屋に入る。

十津川は、自分の机の前に座り込むと、引き出しを、片っ端《かたぱし》から開けていった。

だが、十津川が、探しているものがなかなか見つからない。

横から亀井刑事が、

「警部、たしかキャビネットに、仕舞《しま》ったんじゃありませんか？」

と、声をかけた。

十津川が、笑った。

「そうだった。キャビネットだった。勘違いをしていたよ」

十津川は、そういいながら、キャビネットの引き出しを、鍵《かぎ》を使って開け、再び何やら探していたが、

「あった」

と、小さく叫び、分厚い書類を取り出して、自分の机の上に置いた。

昨日まで四苦八苦して、やっと送検に持ち込んだ、殺人事件の報告書と関係書類の束《たば》だった。

その書類の束の中から、十津川は、一枚の画用紙を引き抜いた。

そこには絵が描かれている。

今回の殺人事件の容疑者だった中西昭《なかにしあきら》（三十九歳）が描いたものだった。
もっと正確にいえば、容疑者の中西昭にクレヨンを与えて描かせた、一人の人物像なのである。

「やっぱり、似ているな。見れば見るほどそう思うね」

十津川が、いった。

「そうでしょう。似ていますよ。私は、すぐそう思いました」

と、亀井が、応じる。

つばの広い真っ黒い帽子を斜めにかぶっている女、いや、男の絵だった。

白いセーターに白いスラックス、その上に黒いコートを羽織り、ハイヒールも黒である。そして、白いセーターの真ん中には、シャネルのマークが入っている。

身長は一七五センチぐらい。絵の横には「ハイヒールを履《は》いているので、実際にはそれよりも大きく見える」と、但《ただ》し書きがあった。

3

問題になっているのは、三月十日の夜、都内の麴町《こうじまち》で起きた殺人事件である。

一見よくある事件に見えた。殺されたのは、木下《きのした》めぐみ、二十二歳、女子大学生である。

めぐみは、ミスキャンパスにもなったという美人だが、このところ、しばらく学校を休んでいた。

都内千代田《ちよだ》区麴町の十八階建てのマンションの角部屋で、三月十一日の昼頃、木下めぐみは死体となって発見された。

死体の第一発見者は、めぐみと同じS大に通う同級生の片桐玲子《かたぎりれいこ》だった。

前日、木下めぐみが学校に来ないことが気になって、めぐみに電話をすると、相談したいことがあるので、できれば明日会いたい。めぐみに、そういわれたので、午前十時に、新宿のカフェで会うことにしていたのに、約束の時間になっても、めぐみが現われなかった。

そこで、ますます心配になった片桐玲子は、何度か訪れたことのある麴町の木下めぐみの自宅マンションを訪ねていったところ、ドアが開いていたので、部屋の中に入ってみたという。

すると、居間のじゅうたんの上で、木下めぐみが頭から血を流し、うつ伏せになって倒れて死んでいるのを発見し、慌てて一一〇番した。

所轄《しよかつ》の警察署の警官が調べてみると、背後から後頭部を、鈍器《どんき》のようなもので、何回も殴《なぐ》られていることが分かったので、殺人事件と断定し、警視庁捜査一課から十津川たちが、現場のマンションに急行した。

居間のテーブルの上には、飲みかけのワインのボトルとワイングラスが二つ残されていた。

被害者が背後から殴り殺されたところから見れば、顔見知りの犯行である線がきわめて
強い。

十津川が、そのつもりで死体の第一発見者である片桐玲子に聞くと、

「実は、めぐみは、このところずっと恋愛問題で、悩んでいたんです。今日も新宿で会って相談したいことがあると、めぐみがいうので、待ち合わせをしていたんです。ところが、いつまで待っても、現われないので、心配になって、ここに来てみたら、こんなことになっていて――」

「なるほど。それで、木下めぐみさんが、恋愛問題で悩んでいたという、相手の男性は知っていますか?」

「ええ。たぶん、中西先生だと思います」

玲子が、あっさりといった。


中西先生が何者かは、すぐに分かった。木下めぐみと片桐玲子が通っているS大文学部の准《じゅん》教授、中西昭のことで、玲子たちに現代文明史を教えているという。

「S大の中西准教授というと、最近よくテレビにも出ている、若い人たちに人気のある先

生ではありませんか？」

十津川が、きくと、片桐玲子は、うなずいて、

「ええ、そうです。その中西先生です」

「殺された木下めぐみさんは、本当に中西准教授と関係があったんですか？」

「たしか二年くらい前から、二人は、付き合っていたと思うんです。学校でも、二人の仲は、かなり噂《うわさ》になっていたし、めぐみ自身も、その噂を否定していなかったから、二人は、付き合っていたのだと思います」

と、片桐玲子が、いった。

十津川はすぐ、S大の事務室に、連絡を入れて、中西昭の現住所を聞いた。その結果分かった六本木《ろっぽんぎ》の超高層マンションに、部下の刑事二人を向かわせることにした。

三十分ほどすると、その刑事から電話があって、

「中西昭は、現在留守のようですね。呼び鈴《りん》を何度押しても応答がありません。それで、マンションの管理人に話を聞いたところ、どうやら、数日前からどこかに旅行に出ているらしいということでした。どうしますか？」

と、いった。

十津川は、しばらく、そちらで、中西昭が帰ってくるのを待てと命じた。

そのあと、十津川は、改めて、木下めぐみの部屋を見回した。

2LDKのゆったりとした間取りである。調度品も、高そうなものが、揃《そろ》っている。女子大生の一人住まいにしては、豪華すぎる部屋だった。

管理人を呼んで、木下めぐみのことを聞いてみると、彼女は、この部屋を賃貸で借りていて、家賃は、月に三十万円だという。

「家賃が月三十万円ですか。一人暮らしの女子大学生としては少しばかり高い感じですが、木下めぐみさんは、資産家の娘さんですか？」

十津川が、片桐玲子に、きいた。

「いいえ、そんなことはないと思います。たしか、めぐみの、お父さんは、普通のサラリーマンだと、めぐみ自身がいっていました」

と、玲子が、いう。

だとすると、この部屋の家賃三十万円は、木下めぐみと付き合っているという中西昭が出していたのかもしれない。

午後六時過ぎには、木下めぐみの死体は、司法解剖のために、大学病院に運ばれ、麴町警察署に、捜査本部が置かれた。

その日の夜、六本木の中西昭のマンションを張っていた二人の刑事が、旅行から戻ってきた中西昭に、事情を説明し、捜査本部に任意同行で連れてきた。

十津川は、それまでの間に、中西昭の簡単な経歴を、調べていた。

中西昭は現在三十九歳。独身。「現代文明」について書いた本が、すでに、十冊も出ていて、そのうちの何冊かが、ベストセラーになっている。

背が高く、今どきのイケメンといってもいいだろう。話し方がマイルドで、はっきりしているので、テレビにも、何回も出ているし、何か大きな事件が起きると、中西昭が必ず番組に出演して、事件についての明快な解説をしている。

中西は、十津川に会うなり、

「ここに来る途中で刑事さんに聞いて、ビックリしてしまったのですが、木下めぐみさんが殺されたそうですね。本当の話ですか？」

と、きく。

「ええ、本当ですよ」

十津川は、木下めぐみが、麴町の自宅マンションの、じゅうたんの上に死体で倒れていた時の状況の一部を、中西昭に説明した。

「ドアが開いていましたから、被害者の木下めぐみさんが、自分からドアを開けて、犯人を、迎え入れたと思われます。二人でワインを飲んだ形跡がありました。しかし、片方のグラスからは、きれいに指紋が拭《ふ》き消されていました。背後から殴られて殺されていますから、木下めぐみさんが犯人に対して警戒心がなかったことの証拠だとみています。犯人はそのまま、マンションから逃げ出したのでしょう。こう見てくると、今回の事件は、顔見知りによる犯行ではないかと、われわれは考えています」

　十津川が、いうと、中西は、こわばった表情になり、

「そうなると、私は、真っ先に、疑われそうですね」

「木下めぐみさんの、死体を最初に発見したのは片桐玲子さんですが、中西先生は、彼女のことを、もちろんご存じですね？」

「ええ、同じS大文学部の学生ですから、よく知っています」

　と、中西が、いった。

「片桐玲子さんから、きいたのですが、中西先生と木下めぐみさんとは、かなり親しくされていたようですね？」

「否定はしません」

「失礼ですが、どの程度の付き合いだったんでしょうか？」

「どの程度といいますと？」

「木下めぐみさんは、麴町のマンションに住んでいました。中西先生は、六本木のマンションに住んでおられる。それぞれのマンションに、泊まったことがあるかということです」

　中西昭は、一瞬考えていたが、

「刑事さんたちが、調べれば、すぐに、分かることですから正直にいいましょう。彼女のマンションに泊まったことがありますし、彼女も、私のマンションに、泊まりに来たこと

があり ますよ」

「中西先生は、たしか独身でしたよね？」

「ええそうですが」

「木下めぐみさんと、結婚することも考えておられたんですか？」

十津川が、きくと、中西は、笑って、

「いや、私としては、結婚は考えていませんでした」

「しかし、先生と木下めぐみさんは、お互いのマンションに泊まり合うような、そういう仲だったわけでしょう？」

「正直にいえば、彼女と肉体関係がありました。それは、認めます。しかし、今どきの若い女性、それは、木下めぐみもなんですが、二十代の時に、付き合った男性がいたからといって、その男性と、結婚するかというと、必ずしも、そう考えてはいないんですよ。彼女たちにしてみると、男性経験も一種の冒険のようなもので、いろいろな男と、付き合いたいと思っているんです。この私も、木下めぐみから見れば、そんな男の、一人だったんじゃありませんかね。大学を卒業して就職してから、ゆっくり結婚相手を探す。今時の若い女性と、同じように、木下めぐみは、そういう感じでしたね」

「そうすると、中西先生以外にも、木下めぐみさんには、付き合っていた男性が何人もいたということですか？」

「ええ、本人に、直接きいたわけではありませんが、おそらく、いたんじゃないかと思いますね」

と、中西が、いった。

十津川は、いったん、中西昭を帰したが、翌日になると、司法解剖の結果が、知らされた。

死因は、やはり後頭部を鈍器で何回も殴られたためのショック死であり、死亡推定時刻が三月十日午後九時から十時の間と分かったところで、もう一度、中西昭に、捜査本部に来てもらった。

「司法解剖の結果が出まして、木下めぐみさんの死亡推定時刻は、三月十日の午後九時から十時までの間と、分かりました。それで、これは一応、念のために、おききするのですが、その時間、中西先生は、どこにいらっしゃいましたか？」

と、十津川が、きいた。

「私のアリバイですか？」

「まあ、そういうことになりますが、正直に答えてください」

「三月十日の午後九時から、十時の間ですね？　その日時に、私が、どこにいたかということですね？」

「ええ、そうです」

「刑事さんから、その時間をきいて、ホッとしましたよ」

と、中西が、いった。

「ホッとした？　どうしてですか？」

「実は一週間ほど、私は、旅に出ていたんですよ。もちろん一人でです。そして、何も持たずに、つまり、カメラも、持たないし、スケッチブックも持たずに、地方の無人駅に行っていたんです。刑事さんのおっしゃる三月十日の夜九時なら、私は長野県の無人駅にいましたよ。飯田《いいだ》線の『沢《さわ》』という駅です」

と、中西が、いった。

「長野県の無人駅に、一人でいたんですか？」

「そうですよ」

「どうして、無人駅に、一人で旅行するんですか？」

「どうしてって、そういうことをするのが、好きだからですよ。ほかに、理由はありません。私は、ごみごみした東京という、大都会に住んでいて、いつも、S大の学生と一緒だし、テレビに出たら出たで、周《まわ》りは、人だらけです。時々、人いきれで疲れてしまうんです。だから、そんな時には、自分で自分に休みを与えて、無人駅に行ってみるのです。そこには、一時間経《た》っても誰も、現われません。電車に乗ろうという人も、いなければ、電車から降りてくる人も、いません。そういう小さな駅に行って、そこでじっとしていると、大げさにいえば、人生の、孤独を感じるのです。それが快感でしてね。誰もいない。都会の喧騒《けんそう》もない。それが、何とも心地《ここち》いいんですよ。一種の心の洗濯とでもいったらいいんですかね。もう三年もやっています」

と、中西昭が、いった。

「その時、無人駅の写真は撮らないんですね？」

と、亀井が、聞いた。

「そうです。撮りません。もちろん、私も最初のうちはカメラを持っていって、無人駅を撮っていました。しかし、そうすると、どこかで都会の喧騒と、つながってしまうような気がしてしまうんです。だから、最近はカメラも何も持たずに、ひたすら人のいない無人駅に行っていましたね。今、刑事さんのおっしゃった三月十日の午後九時から十時の間も、今申し上げたように飯田線の『沢』という無人駅にいましたよ」

「中西先生が、その『沢』という無人駅に、三月十日の午後九時から十時の間に、いたことを証明できますか？」

「それは少し、無理ですね」

「なぜですか？」

「できませんよ。何しろ、無人駅に一人でいたんですから」

「そうですか。しかし、そうなると、残念ながら、あなたにはアリバイがないということに、なってしまいますよ。何とか、三月十日の午後九時から十時の間に、どこかで、あなたと会った人がいるとか、どこかで、何らかの事件とぶつかったとか、そういうアリバイが、ほしいのですが、何か思い出せませんか？」

と、十津川が、いうと、中西は、急に、不機嫌になって、

「今も申しあげたように、三年前から、私は一人で、無人駅を訪ね歩くことを、趣味にしているんです。その時、カメラは、持っていきませんし、友人と一緒に、行くこともありません。私は一人だけで、日本中の無人駅を訪ねる旅行をしているんです。人に会うことが嫌だからわざわざ、東京から地方の無人駅に行くのであって、そんな旅行中に、私と会ったことを、証明してくれる人など、いるわけがないじゃありませんか」

「たしかに、中西先生の気持も、趣味もよく分かりますが、相手が無人駅で、誰にも会わなかったとなると、どうしてもアリバイが、ないということになってしまいます。アリバイを証明することができないとなると、われわれとしては、いくつかの証言もありますし、あなたを逮捕せざるを得なくなるかもしれませんよ」

時刻表を見ると、たしかに飯田線に「沢」という駅がある。上りも下りも、一時間に一本ぐらいの列車しかなかった。

動機は、元ミスキャンパスだった木下めぐみに、中年の人気の准教授、中西昭が手をつけたが、その後、木下めぐみを持て余した挙句《あげく》の、殺人ではないかと、十津川は、考え

た。

十津川と亀井は、木下めぐみの同級生たち数人や、中西昭をよく起用しているテレビ局の担当者たちに会って、話を聞き、中西昭の評判を聞いて回った。

大学でも、テレビ局でも、中西昭は、人気があった。

しかし、女性にはだらしがないくせに、いざとなると冷たいという噂を聞けた。

中西昭が、三十歳の頃、今回と同じように、教え子と深い関係になってしまい、この時は、彼女が、自殺してしまったという話もあった。

十津川が、中西に向かって、はっきりしたアリバイがなければ、送検に、持っていくといって脅《おど》かすと、中西昭は、こんな話を持ち出した。

「一つだけ、思い出したことがあります。三月十日の午後九時頃、飯田線の『沢』という無人駅にいたんですが、終電が近くなったので、下りの列車に、乗ったところ、車内はガランとしていましたが、そこに、奇妙な恰好をした、男とも女とも分からない人がいたんです。その人物は、時代遅れのつばの広い、大きな黒い帽子を斜めに、かぶっていましてね。白いセーターを着て、白いスラックスを、はいて、黒いコートを羽織っていました。そういえば、セーターの、真ん中には、大きなシャネルのマークが入っていましたよ。あのマークは、どう考えても、偽物ですね。とにかくやたらに目立った人で、手帳にリインをしました。ですから、警察が、何とかして、その奇妙な恰好の人物を見つけてくださされば、私のアリバイが証明されることに、なるのではないかと、思うんです。何とかして、その人を、見つけてください。よろしくお願いします」

と、中西昭が、いうのだ。

十津川たちは、この奇妙な人間を捜すことに、全力を挙《あ》げた。

簡単に、見つかるだろうと、思った。中西もいうように、この男とも女ともつかぬ人間が、実在するのであれば、目立つだろうと思ったからである。

ところが、いくら、捜しても、そんな人間は見つからないのである。長野県警にも、協力を要請したが、一週間経っても、二週間経っても、それらしい人間を、見つけることはできなかった。

そのうちに、十津川たちの胸に、一つの、疑惑が浮かぶようになった。

もしかすると、中西昭は、そんなでたらめな人物を頭の中ででっち上げて、それを理由にして、無理やり自分の、アリバイにしようとしているのではないかという疑問だった。

中西昭のいう何とも奇妙な、男とも女ともつかない人間は、中西昭が、助かりたい一心ででっち上げた幻の人間と、断定して、教え子の木下めぐみを殺した容疑で、中西昭を、送検することを決めたのである。

これが問題の事件だった。

ところがである。篠ノ井線の姨捨駅で、休暇中の亀井刑事が、たまたま見かけた人物は、彼に衝撃を与えたように、殺人事件を担当した十津川や、ほかの刑事たちにも衝撃を与えたのである。

十津川は、ただちに三上《みかみ》刑事部長に、事情を説明し、地検にあと一週間、中西昭の起訴を待ってもらうことにした。

その日のうちに行われた捜査会議では、もちろん、亀井刑事が、長野県の姨捨駅で目撃した奇妙な人物について、その人間が、中西昭のアリバイになるかどうかが、話し合われた。

誰もが神経質になっていた。

捜査会議が始まると、すぐ部長の三上が、発言した。

「とにかく、亀井刑事が姨捨駅で目撃した、この奇妙な人間を一刻も早く見つけ出すことが必要だ。そうしなければ、話は先に進まないぞ」

「私も同感です」

と、十津川もうなずく。

「この奇妙な人間が、果たして、中西昭のアリバイに、なるかどうか、そのことから考えていきたい」

と、三上が、いった。

「この人物が、中西昭と全く、関係がないとすれば、彼のアリバイになる可能性が、あります。問題は、アリバイ作りのために、中西昭が、用意した人物かもしれません。その点を、注意して調べる必要があります」

と、十津川が、いった。

4

十津川は考える。

亀井刑事が休暇中、篠ノ井線の姨捨駅で目撃した奇妙な人物が、中西昭にとってアリバイの証明になるかどうかをである。

捜査会議が開かれ、十津川が自分の考えを説明した。

「この人物が、中西昭と何の関係もない人間であり、たまたま偶然、三月十日の夜の列車の中で、出会ったとして、中西昭が、それを、自分のアリバイの証明に、使ったとすれば、その効果は、たしかにあると思います。それに中西昭が主張した時、われわれが否定した弱味があります」

「しかし、それでも一つや二つ、疑問は残るだろう?」

と、三上が、いった。

「たしかに、本部長のおっしゃるとおりです。中西昭が、突然、この奇妙な恰好をした人間のことを口にした時、われわれは二週間にわたって、この人物を、徹底的に捜しました。中西自身、飯田線の無人駅『沢』に、その日、三月十日にいて、そのあと、下りの列車に乗ったら、問題の人間がいたと主張しているので、その周辺については、長野県警にお願いをして念入りに調べました。しかし、誰一人として、この人物を目撃したと証言する人間は見つかりませんでした。こんなにはっきりとした、特徴のある人間なのに、どうして見つからないのか、私には、それが大きな疑問でした」

「そのことを、君は、どう、解釈したのかね？」

「二通りの可能性を、考えました。想像できることの一つとしてこの人物が体調を悪くして、家に引きこもって動けないのか、入院していたかで、列車に乗ったり、外を出歩いたりできない状況にあるのではないかということも考えました」

「たしかにそういうこともあり得るね。それで、もう一つの可能性は？」

「この人物が、例《たと》えば、鉄道マニアで、しばらくの間、外国に行って、外国の鉄道を見て回っていたという、可能性です。外国といっても、ヨーロッパや、シベリアなどではなくて、韓国、中国、あるいは、台湾やインドネシアなどの、比較的近くの外国に出かけていて、向こうで写真を撮っていたのではないかと考えました。とにかくこの人物が見つかって、証言を得ることができれば、中西昭にとってアリバイになるのではないかと考えました」

「逆に、アリバイにはならない、つまり、中西昭が、自分のアリバイのために、作り上げた人物ということになるのだが、その点については、いったい、どんな考えを持っているのか、それをきかせてもらいたいね」

と、三上が、いった。

「その時は、こう考えました。中西昭がいうような人物は、存在しない。つまり、でっち上げの可能性が、かなり高いのではないかとです」

「中西昭が、前もって、アリバイ作りに、奇妙な人物を作り上げておいた。君は、そう考えたわけだね？」

「そのとおりです。あの時は、これだけ捜しても見つからないのは、架空の人物じゃないかと考えました」

「ところが、実在した。となって、君は、中西昭が、この奇妙な人物をあらかじめ、用意しておいて、その人間をアリバイの証明に使おうとしている。その可能性が高いと考えているようだが、その理由は、いったい何かね？」

三上がきく。

「これは、あくまでも、私の感覚的なもので、根拠は、何もないのですが、構いませんか？」

「構わないよ。話したまえ」

「第一にこの奇妙な人物が、いかにも作られた人間だという印象が、どうしても、ぬぐえないのです」

「それでも、われわれは、二週間、この人物を捜したわけだよね?」

「そのとおりです」

「しかし、結局、見つからなかったわけだよ。そのことを、どう解釈するのかね? もし、あらかじめ自分のアリバイを証明するために、中西昭が、用意しておいた人間だとすると、どうして、二週間も捜したのに、見つからなかったんだろう? 普通に考えれば、すぐ見つかるようにしておくんじゃないかね? そのほうが、自分にとって有利になると、私なら考えるんだがね」

「私も、最初は、今、本部長がおっしゃったのと、同じような考えを持ちました。せっかく、アリバイ工作のためにあらかじめ用意しておいた人間ならば、わざと、あちらこちらと動き回って、すぐに、見つかるようにしたほうがいいのではないのか、そう思いました。二週間捜したのに、見つからなかったために、われわれは、中西昭を送検することを決めました。こうなってしまうと、何のために作り上げた人間なのか、分からなくなってしまいます」

「その考えは、変わったのか?」

「いいえ。ただ、ここに来て、少し考えが変わったところもあります」

「どういうふうに変わったのかね？」

「この不思議な人物は、やたらに目立つ恰好をしていますが、捜してすぐに、見つかってしまっては、かえって、怪しまれると、中西昭は、考えたのではないでしょうか？　われわれが一所懸命捜したのに、なかなか、見つからないほうが、いかにも本当らしいのではないか？　そう考えたのではないかと、今、私は思っています。二週間も見つからなかったため、われわれは送検しました。一見すると、役に立たない証人だと、思われますが、その後、どこかで偶然見つかったほうが、劇的だし、真実らしく見える。中西昭は、そう、考えたに違いないのです」

「本当らしく見せるために、二週間、わざと、見つからなかったと考える。そうだな？」

「そうです」

「だとすると、この奇妙な証人は、われわれが捜している間、どこかに隠れていたということかね？」

「多分、そうではないかと、思います。警察が捜し始めたら、二週間くらいの間は、どこかに、隠れているように、最初から計画していたのではないかと考えます。その後、全く偶然の形で、この不思議な人物が見つかったことにすれば、中西昭のアリバイは、逆に完璧なものになると、考えていたに違いないと思います」

「君の考える通りとして、もし、見つからなかったら、連中は、いったい、どうするつもりだったんだろう？　亀井刑事自身が姨捨駅に行ったのも、たまたまのことで、全くの偶然だったんだろう？　たしかに、そこで亀井刑事は、問題の人物を発見した。しかし、もし、この偶然の出会いが、失敗していたら、これまでと同じく、われわれは、こんな不思議な人物は、実在するはずがないと考えて、地検に頼んで、早く、起訴してほしいと要請してしまうだろう。それでは、せっかくの作られた証人が、何の役にも立たないことになってしまうじゃないか？」

三上部長は、少しばかり、腹立たしげに、いった。

「もし、このまま問題の人物が見つからない場合は、おそらく、公判中に、見つかるように仕向けたと思います。そのくらいの自信と余裕を持っているのが、中西昭だと、考えます」

「そうだね、裁判になってしまったら、なかなか、中西昭を、無罪にはできないだろう。今、君がいったように、弁護側の誰かが、今回の、亀井刑事のように、姨捨駅で見つけたことにして、裁判で弁護側の証人として出廷させる。たしかに、衝撃的な公判にはなるだろうが、そこまで、証人が見つからないとなったら、あらかじめ用意しておいたこの奇妙な人物も、弁護側の証人としては、使えなくなってしまう恐れもあるんじゃないのかね？例えば、交通事故で急死してしまうことだってあるし、心変わりするケースだってあり得るからね。そうなれば、中西昭が苦労して、用意しておいた証人は、無駄になってしまうじゃないか？」

「たしかに、そのとおりです。したがって、私は公判前に、問題の人物が、発見されるように、計画していたと考えます」

と、十津川が、いった。

「それからもう一つ、どうにも理解できないことがある」

「どういうことでしょうか？」

「せっぱつまったら、多分弁護士の誰かが、この人物を、発見することにするんじゃないのかね？　そうしたら、誰もが一応、疑うんじゃないのか？　あらかじめ作っておいた証人を弁護士の一人が、発見した。少しばかり話ができすぎていて、おかしいじゃないかと考えられてしまう。その点を、中西昭は、どう、クリアするつもりだったんだろう？」

と、三上が、きく。これには亀井が答えた。

「いちばんいいのは、今回のように、刑事の私が偶然の形で、問題の人物を、発見することです。間違いなく信用されますから。しかし、私が、篠ノ井線の姨捨駅で、この人物を発見したのは、どう考えても偶然です」

「君も、今の亀井刑事と、同じことを考えているのかね？」

三上が、十津川を見た。

「考えています。ただ、偶然かもしれませんが、作られた偶然ということも、考えられます」

「しかし、偶然を計画し、作り上げるというのは、かなり難しいのではないのかね？　そこを中西昭が、どう考えて、どう実行に移すつもりだったのか。それが分かれば、今回の奇妙な恰好の証人は、中西昭が、前もって作っておいた人間ということが、はっきりするんじゃないのかね？」

と、三上が、いった。

「部長、誠に申し訳ありませんが、今日一日、考えさせていただけませんか？　私としては時間をかけて、じっくり考えてみたいのです」

と、十津川は、慎重に、いった。

十津川は三上部長の名前で、各新聞社の記者に集まってもらい、問題の人物に対する紙面での、呼びかけを頼んだ。

次に、中西昭の弁護人にも、来てもらい、弁護人からも各新聞社に協力を要請する形にしてもらった。そのほうが、問題の人物が捜査本部に、来やすいと考えたからである。

その日の、夕刊各紙に、その呼びかけが載《の》った。

〈この写真に写っているあなたに、大至急、警視庁の捜査本部に、来ていただきたいのです。

現在、殺人容疑を、かけられている、ある人間の裁判が、開かれようとしています。あなたの一言が、この被告人を助ける可能性があるのです。

これをご覧になったら、ぜひ警視庁に連絡を取ってください。よろしくお願いいたします〉

これが、弁護士の名前で新聞各紙に載った、呼びかけだった。

もし、この人物が、あらかじめ、中西昭が用意しておいた証人だったとすれば、新聞の呼びかけに対して、必ず姿を現わすだろうと、十津川は、読んでいた。

翌日の午後になって、十津川の予想どおり、この奇妙な恰好をした人物から警視庁に、連絡の電話が入った。

今からこちらに来られないかというと、その人物は午後二時を過ぎてから、弁護士に同道されて、警視庁に出頭した。

彼は、十津川の質問に対して答えた。もちろん、弁護士同席である。

「名前は、岡野和義《おかのかずよし》です。今年で、三十歳になります」

「岡野さんは今、どこに、住んでいらっしゃるんですか?」

「東京の江東《こうとう》区です」

十津川と岡野が、差しさわりのないやり取りを続けたあとで、三上部長が、いきなり、

「これは一応、念のために、お聞きするんですが、あなたは、中西昭さんという人を、知っていますか？」

と、きいた。

「中西昭さんといえば、たしか、若者に人気のある、大学の先生でしょう？　時々、テレビや雑誌で目にしているので、知っています」

と、岡野が、答える。

「新聞にも書いてあるように、あなたの証言が一人の人間の将来を決定してしまいます。殺人容疑のかかっている人物ですが、あなたの証言によっては、無罪になるかもしれませんし、逆に、刑務所行になるかもしれないのです。ですから、事実だけを答えていただきたいのです。よろしいですか？」

「はい」

「三月十日の午後九時から十時の間ですが、あなたは、どこにいらっしゃいましたか？」

と、十津川が、聞いた。

「ちょっと待ってください。今、確認してみます」

と、いって、岡野は、ポケットから手帳を取り出すと、それを見ていたが、

「分かりました。ええ、たしか三月十日のその時間だと岡谷《おかや》行の飯田線に乗っていまし

た。豊橋《とよはし》十四時四十二分発の岡谷行です。岡谷では、一泊しました」

と、手帳を見ながら答える。

「その列車に、中西昭さんが、『沢』という無人駅から、乗ってきたはずですが、覚えていますか？」

と、きくと、岡野は、ニッコリして、

「覚えていますよ。今いったように、テレビによく出てくる有名人だし、本も読んでいるので、サインして貰いましたよ」

と、手帳を見せた。

そこには、間違いなく、

中西昭　三月十日夜、
　飯田線の車中にて

と、書かれていた。

「この日、何の用で、豊橋から、岡谷行の飯田線に乗られたんですか？」

と、十津川が質問を続ける。

「旅行です。旅行が好きなんです。ひとりでゆっくり鈍行《どんこう》での旅行が好きなんです」

「何か旅行のグループに入っていますか？」

「いや。今もいったように、ひとりが気楽なので、グループには、入っていません」

「岡谷で、何というホテルに泊まられたんですか？」

「ビジネスホテルです。ホテルニュー岡谷です」

「その恰好で、チェック・インしたんですか？」

と、十津川が、きいたのは、県警に、飯田線沿線を調べてもらったが、岡野和義が、見つからなかったからである。

岡野は、笑って、

「この恰好だと、ホテルによっては、断わられることがあるので、帽子はとって、チェック・インしました。この帽子をかぶっているといないとでは、ずいぶん、相手に与える印象が違うんですよ」

と、いった。

時刻表によれば、岡野が乗った豊橋発一四時四二分岡谷行の普通列車の「沢」駅発は二一時一一分（午後九時一一分）である。すぐ降りても、午後十時までに、東京麹町のマンションに行き、殺人を犯すのは、まず、無理である。

もう一つ、ホテルニュー岡谷の電話番号を調べて確認すると、たしかに、三月十日の泊り客の中に、岡野和義の名前があった。

十津川は、もう一度、岡野和義に、確認した。

「中西昭さんに、初めて会ったのは、三月十日の夜の飯田線の中だったんですね？」

と、きくと、岡野は、

「その通りです」

「旅行を楽しむグループがあって、そこで、中西昭さんに、会っていたということは、ありませんか？」

と、十津川は念を押した。

「ありません。今もいったように、私は、どんなグループにも入っていませんから」

と、岡野は、繰り返した。

十津川が、旅行グループに拘《こだ》わったのは、問題が、岡野と中西の関係だったからである。

二人が、事件の前からの知り合いだったら、岡野によるアリバイは、弱くなるが、全く知らない同士だったら、ちゃんとしたアリバイになるからだった。

十津川は、岡野和義という男を、徹底的に調べた。

起訴を一週間延ばしてもらっているので、その一週間の間に結論を出す必要があった。

岡野和義が生れたのは、埼玉《さいたま》県の秩父《ちちぶ》で、両親は今も、秩父で小さなパン屋をやっている。

岡野が、妙な恰好をするようになってから、両親との縁が切れた感じだという。

岡野は、地元埼玉の高校を出たあと、上京、四谷《よつや》にあった劇団クレイジイ・キャットに、入った。男が女になり、女が男になるという奇妙さが売り物で、岡野が男とも女ともつかぬ恰好をするようになったのは、その頃からだという。

現在、この劇団は、解散しているが、岡野の奇妙な恰好は、そのままで、それが面白いということで、アルバイト的な仕事はあるのだという。

刑事たちが、元劇団員に、会って、話を聞くと、

「岡野さんに会うと、もう一度、クレイジイ・キャットを始めたいと、よくいってますよ。そのために、少しずつ、資金をためているとも、いってました」

と、誰もが、いった。

彼らは、劇団をやめたあと、平凡なサラリーマンになったり、家業を手伝ったりしているのだが、岡野のように、奇妙な恰好をしている者は、いなかった。

「だから、彼が、いちばん劇団に合っていたんだと思う」

と、いうのである。

「岡野さんは、もう一度劇団を始めたいので、お金をためているといったんですね？」

「ええ。小さな劇団でも、始めるとなると、お金がかかるんです」

「どんなことをして、お金をためているのか、話しましたか？」

「詳《くわ》しいことは、教えてくれなかったけど、その気になれば、意外にお金になるんだと、そんなことを、いっていましたね」

「岡野さんの口から、三月十日以前に、中西昭という名前を聞いたことはありませんか？」

「いや。聞いていません」

「最近、岡野和義さんに会いましたか？」

最後に、十津川が、きくと、元劇団員たちは、一様《いちよう》に、

「会っていません。消息も聞こえてこなくて、心配していたんですよ」

と、いった。

十津川たちが、岡野和義の訊問《じんもん》に、当たらない時は、弁護人たちが、彼から話を聞いていた。もともと、弁護人側の証人だから、当然だろう。

十津川にとっても、重要な証人なので、東京のMホテルに、泊まるように、指示してあった。そのホテルから、突然、岡野和義が、姿を消してしまったのである。

その日、岡野は、フロントに「夕方には帰ってくる」といって外出したが、そのまま、夜になっても、帰って来なかった。

「事件の大事な証人だから、ホテルから、外出する時は、こちらに、行先をいっておいてください」

と、十津川は、岡野に、いってあったのだが、それもなくての失踪《しっそう》だった。

十津川は、弁護人側の計画と、断じた。

岡野は、呼びかけに応じて姿を現わしたあと、中西昭にとって、有利な証言を繰り返した。彼の証言が正しければ、中西昭は、無実である。

十津川が、岡野を訊問する時も、弁護士が同席して、録音していた。

「弁護人側は、中西昭に、有利な岡野の証言を、大量に録音したはずです」

と、十津川は、三上刑事部長に、報告した。

「それで、岡野が、不利な証言をする前に、姿を消すように、指示したんだと思います」

「このままの状況で、公判が、始まるわけか？」

と、三上は、眉をひそめた。

「そうです。このままなら、弁護側に有利になります」

「急いで、捜して、見つけられないか？」

「今、刑事たちが、捜していますが、全く、手掛かりは、ありません」

「弁護人側は、何ていってるんだ？」

「一応、電話したところ、警察が、隠したんだろうといっています」

「どうして、われわれが、隠すんだ？」

「向こうに、いわせると、裁判になれば、弁護側に有利な証言をするだろうから、隠してしまったに違いないというわけです」

「何をバカなことを――」

「実は、弁護人と電話している間に、ひょっとすると、岡野和義を隠したのは、弁護人じゃないのではないかと、思いました」

「じゃあ、誰が、隠したんだ？」

「中西昭の仲間です」

「仲間？」

「中西昭といいたいんですが、彼は、今、拘置所《こうちしょ》ですから、彼の仲間となるんですが、もし、そうだとすると、これは、ちょっと、危ないなと思いました」

「危ない――か？」

「弁護人なら、岡野をどこかに隠すことはあっても、殺すことは考えられませんが、中西の仲間だとなると、もう、自分たちに有利な証言をたくさんしてくれたので、気持が変わらないうちに、口を封じてしまうことは、十分に考えられますから」

「そうだとしたら、まずいな」

と、三上の顔が、難《むずか》しくなった。

十津川の不安は、適中した。

岡野和義が、死体で発見されたのである。

場所は、奥多摩《おくたま》の林の中だった。ロープで首を絞められ、林の奥に、放り投げられた形で、発見されたのである。あの帽子は、死体の傍《そば》に捨てられていた。

死体が発見された時は、すでに死後十時間が経過していた。

知らせを受けて、十津川たちが、急行した。

死体が、捜査本部に運ばれてくる。その途中で、十津川は、弁護団のリーダー竹下《たけした》弁護士に、電話で知らせておいた。いってみれば、弁護団も被害者と考えたからである。

捜査本部で、竹下弁護士と顔を合わせた。

「犯人は、われわれでは、ありませんよ」

と、竹下がいった。

「分かっています。だから、お呼びしたんです」

「本当に、分かってくれているんですか？」

「弁護士さんだって、法の番人でしょう。法の番人が、殺人をやるはずがありませんからね」

「すると、誰が犯人だと警察は、考えているんですか？」

「中西昭です」

「彼は、拘置所ですよ」

「では、中西昭の分身です」

「分身?」

「中西と利害が一致する人間です。中西が、有罪になると、損をするといってもいい人間です」

「しかし、岡野和義が死んでも裁判は、開始されるし、その時には、われわれ弁護団は、中西昭のために全力をつくしますよ」

「もちろん、それでいいんです。ただ、検察側と、弁護団の間に、妙なものが入ってきた感じがするんですよ。その妙なものが、岡野を殺したと思っています」

「その人間は、何のために、岡野和義を殺したと思っているんですか?」

「岡野には、中西昭に有利な証言をしてもらう。それがすんだので、口封じに殺したんですよ。気が変わって、中西に不利な証言をしたら困るからですよ」

「どうも、まだ、犯人の姿がはっきりしないんですが」

と、最後に竹下弁護士が、いった。

その妙なものは、突然、姿を現わした。

「中西昭を守る会」というグループである。

代表の河原崎英介《かわらざきえいすけ》は、高級官僚から、代議士になって一年生の男だった。彼が初めて立候補した時、応援演説で、助けたのが、中西だった。二人が、共著で『現代日本の将来』

のである。

という本を書き、ベストセラーになっている。

河原崎英介を代表者とする「中西昭を守る会」の名前で、大きく、新聞広告が、載った

〈中西昭さんは、無実である。検察が起訴の一週間の延期を提案したのが、その証拠である。検察は、姑息《こそく》な引き延ばしなど止《や》めて、直《ただ》ちに、釈放すべきだ〉

十津川は、解決を急ぐべきだと感じた。「中西昭を守る会」は明らかに、有利な条件ができたと感じて、名乗り出てきたのだ。

十津川は、刑事たちを集めて、檄《げき》を飛ばした。

「岡野和義は、死んでしまって、もう、何も喋《しやべ》れない。中西昭にとって、有利な証言だけを残して口を閉《と》ざしてしまった。しかし、私は、岡野が嘘《うそ》の証言をしたと思っている。彼は、クレイジイ・キャットという劇団にいて、その劇団がつぶれてしまった。その劇団を復活させたい。そのために、資金をためていた。多分、その資金を用立ててやるといわれて、今回の芝居を引き受けたんだろう。岡野が、誰かに、それを話している可能性がある。その人間を捜し出すんだ」

十津川の言葉に対して、亀井刑事がいった。

「私も、そんな人間がいないかと思って、岡野和義の周辺を調べたんですが、彼は三十歳で、独身です。両親は、今も埼玉県内で健在、パン屋をやっていますが、岡野が、妙な劇団に入り、その上、今も奇妙な恰好をしているのに腹を立てて、絶縁状態でした」

「彼女はいないのか？　三十歳で、独身なら、彼女の一人ぐらいは、いるんじゃないのか？　もし、いたら、連中より早く見つけて、保護する必要がある」

十津川の指示で、刑事たちは、一斉に、岡野和義の恋人捜しに散っていった。

最初に、電話してきたのは、西本《にしもと》と日下《くさか》のコンビだった。

「岡野和義の恋人の名前が、分かりました。タカコです。どんな字を書くのか分かりません」

と、西本が、いう。

「間違いないのか？」

十津川が、念を押した。

「例の劇団、クレイジイ・キャットに、劇場を貸していたオーナーに聞いたところ、岡野和義は、あまり、自分のことを喋らなかったそうですが、一緒に飲んだとき、ポロッと、彼女の名前を洩《も》らしたというのです。それが、タカコだったそうです」

「どんな女性なんだ？」

「オーナーは、その後、岡野に、しつこく聞いたが、全く、教えてくれなかったと、いっていました。だから、岡野は、よほど、秘密にしていたんじゃないかといっています」

「とにかく、恋人がいたことが、分かっただけでも、一歩前進だ。君たちは、岡野の住んでいたマンションに行って、管理人に聞いてみてくれ。それらしい女性が、岡野を訪ねて来たことはないかどうかだ」

と、十津川は、いった。

十津川は、他の刑事たちにも、今のニュースを、知らせた。

「岡野の彼女の名前は、タカコだ。どんな字を書くのか分からないが、この名前で、聞き込みをやってくれ」

十津川が、刑事たちに、伝え終ったとき、岡野のマンションに回った西本たちから、電話が、入った。

「管理人に話を聞いたところです」

と、日下が、いう。

「それらしい女性の話は、聞けたか？」

「駄目《だめ》でした。このマンションですが、管理人は、契約会社から派遣《はけん》されていて、午前九時から、午後五時までの勤務なので、女が夜、訪ねてきていれば、管理人には、分からないわけです」

「収穫なしか」

「これから、管理人に開けてもらって、もう一度、岡野のいた部屋を調べてみようと思います。タカコの痕跡がつかめるかも知れませんから」

と、西本が、いった。

亀井刑事からの電話も入った。

「私は、今、下北沢《しもきたざわ》にいます。岡野が、クレイジイ・キャットにいた頃、この劇団のメンバーが、よく行く居酒屋が、下北沢にあるというので来てみました。小さな居酒屋ですが、オーナーが、岡野和義のことを覚えていました」

「それで、その居酒屋に、岡野がタカコと来たことはあるのか?」

「残念ながら、オーナーは、岡野が女性と一緒に、店に来たことはないと、いっています」

「残念だな」

「オーナーの話では、私よりも先に、岡野の女のことを聞きに来た男が、いたそうです。名前はいわなかったそうですが、どうも、例のグループの代表、政治家の河原崎英介の秘書の一人のようです」

と、亀井が、いう。

「それで、その男は、タカコという名前も知っていたのか?」

「知っていたようです。居酒屋のオーナーに、タカコという名前を、聞いたことはないかと、聞いたそうです」

「向こうも、タカコを捜しているのか」

「と、いうことは、岡野和義の証言が、嘘ということですよ。それが、分かってしまうのを恐れて、岡野の彼女を捜しているんだと思います」

と、亀井は、いう。

「こうなると、どっちが先に、岡野の彼女を見つけるかだな」

「連中が、先に見つけたら、間違いなく、口を封じてしまいますね」

「そこまでするとしたら、『守る会』と、中西には、悪い、つながりが、あるのだろうな。勝てれば、いいんだが」

と、十津川は、いった。

何しろ、相手は、岡野和義を、多分、大金を使って、買収したのだ。その時に、岡野のことを、調べたはずである。彼女がいることや、その名前も、その時に、聞いただろう。

と、すれば、彼女捜しのこのレースでは、向こうのほうが、一歩先を行っているに違いないと、十津川は思い、少しばかり弱気になっていた。

刑事たちに、ハッパをかけ続けているのだが、いっこうに、タカコという岡野の彼女は見つからなかった。

ところが、意外なことに、「中西昭を守る会」のほうも、なかなか、岡野の彼女、タカコを見つけられずに、いる様子だった。

彼らの代表、河原崎代議士の自宅や、衆議院の議員宿舎を、十津川は、見張らせていた。連中が、タカコを見つけたと分かったら、「中西昭を守る会」ごと、押さえてしまうことを考えていた。「守る会」の、罪も、問わなければ、ならない。

とにかく、タカコが見つかったら、何としてでも、「守る会」に、殺させてはならないと、思ったのだ。

十津川たちも、必死で、タカコを、捜した。が、「守る会」のほうも、必死だと分かった。河原崎英介は、十二人の秘書を抱《かか》えているのだが、その十二人全員が、岡野の彼女を捜し廻っているのが分かったからである。

そのうちに、連中が、東京都内の私立探偵まで雇《やと》ったらしいという話を、聞いた。

ところが、それでも連中が、タカコを見つけたという話が、聞こえてこないのである。

「タカコという女は、実在しないのではないか」

と、いい出す刑事も出てきた。岡野と、関係のある場所や、人間をしらみつぶしに、連中は調べている。十津川たちもである。

しかし、刑事たちも見つけられないし、「守る会」の連中も、いっこうに、タカコを見つけられずにいた。

突然、十津川は、聞き込みに動いている刑事たちを、呼び戻した。

集まった刑事たちに向かって、十津川は、急に呼び戻した理由を話した。

「これだけ、必死で捜しても見つからない。われわれもだが、『守る会』の連中も、見つけられずにいる。何か、おかしい」

「それでは、警部は、タカコという女性は、架空のものだといわれるんですか？」

と、刑事の一人が、きく。

「いや。架空の女性とは、思っていない。タカコは、実在するはずだ」

「それなら、なぜ見つからないんでしょうか？」

刑事の一人が、きく。

「君たちは、なぜ、見つからないと思うかね？」

逆に、十津川が、きき返した。

刑事たちは、黙ってしまう。そんな刑事たちに向かって、ここから、自分の考えを、ぶつけていった。

「いっこうに、見つからないので、私は、少し飛躍した考えを持つことにした。どうしても見つからないのは、タカコという女性は、存在しないからだと考えてみた」

「しかし、警部は、架空の女性ではないと、いわれたはずですが」

「岡野の彼女がいないとはいっていない。タカコという女性はいないといったんだ」

「そうだとすると、別の名前だということですか？　そうなると、その名前を見つけるのが、大変ですが」

「タカコという名前は、下北沢の劇場のオーナーに、答えているんだ。大事な相手に、嘘をつくとは、思えない。だが、見つからない。そのどちらの疑問にも答えることのできる理由を考えてみたんだよ。それが、岡野和義はゲイではないのかということなんだ。だとすると、タカコは、女性ではなくて、男性ではないかということだよ」

「しかし、タカコですよ。コがついているんです。女性の名前と考えるのが、普通じゃありませんか？」

「私が、まだ、二十代の頃に、こんなことがあった。マンションに住んでいたんだが、猫や犬を飼うことは禁止だった。ところが、その時私は、友だちに子猫をもらってね。どうしても飼いたかった。そこで、猫の名前を考えたんだ。ミーコなんて名前をつけて、『ミーコ、ミーコ』と呼んでいたら、すぐ、管理人や家主に、猫を飼っていることが分かってしまう。そこで、子猫を、『みちこ』と、いう名前にした。『みちこ、みちこ』と呼んでいれば、人間の子供を呼んでいると思うだろう。そう思ったんだよ」

　と、十津川は、いった。

「つまり、コを取ったのが、本名だというわけですか？」

「私は、そう考えたんだ。岡野は、ゲイだと知られるのが、嫌だったんだと思う。だから、劇場主に聞かれた時、名前の下にコをつけた。それだけで、相手は、女性だと思ってしまう。岡野は、その時、その狙《ねら》いで、名前の下に、コをつけたと、私は、考えた」

「すると、相手の名前は、『タカ』ですか?」

「あるいは、タカちゃんか。だから岡野は、劇場主を欺《だま》したという気はなかったんだと思うよ」

と、十津川は、いった。

「では、これからすぐ、タカコという女性ではなく、タカあるいはタカちゃんという男性を捜しましょう。連中も、われわれと同じことに、気がつくかも知れませんから」

と、亀井が、いい、再び、刑事たちは、飛び出していった。


今度は、逆に、「守る会」を、一歩リードする形で人捜しを始めた。

タカではなく、タカちゃんのほうに、収穫があった。

埼玉県で、今もパン屋をやっている岡野の両親に会いに行った西本と日下が、こんな話を聞いたと連絡をよこしてきたのである。

「岡野和義が、生れつきのゲイだったことは間違いありません。彼の両親は、そのことに悩み、結果として、親子断絶してしまったことは、事実でした。本モノのゲイだったことは間違いないようです」

と、西本が、十津川に報告した。

「問題のタカちゃんは、まだ見つからないのか？」

「まだ、見つかっていませんが、タカちゃんについて、いろいろと、分かってきました。岡野和義が劇団クレイジイ・キャットの役者で、下北沢の劇場に出演していた頃、よく見に来ていた客の一人です。タカちゃんと呼ばれていたが、本名は、高野《たかの》らしいです。その時、彼は、岡野和義のファンで、二人とも、ゲイだったと分かって、他の劇団員には、内緒で、付き合っていた。だから、二人の仲は、バレることがなかったということです」

と、西本が、いう。

「それで、今、その高野は、どこにいるか見当はつかないのか？」

「彼は、岡野が、殺された直後に、姿を消しています。恐らく、自分も危ないと思って、消えたんだと思います」

「そうなると、岡野が、高野に、正直に、いろいろ打ちあけている可能性があるな」

「同感です。ですから、連中より、早く高野を見つけなければなりません」

「見つけられる可能性があるのか？」

「岡野の両親から高野の故郷を、聞きだせましたから、これから、東京駅に向かい、東北新幹線で仙台《せんだい》へ行くつもりです。ただ、私たちは尾行されているので、東京駅でそいつらをおさえてください」

「分かった。これから、田中《たなか》と片山《かたやま》の二人を、東京駅に向かわせる」

と、十津川は、いった。

報告を終えた西本と日下の二人は、西武《せいぶ》線と地下鉄を乗り継いで、東京駅に向かった。

「相変わらず、つけられているよ。中年の男二人だ」

と、小声で、日下が、いった。

西本は、電話を、田中刑事にかけた。

「今、どこだ？」

「車で、東京駅に向かっている。あと五、六分で、到着する」

「東北新幹線に乗る。尾行しているのは、中年の男が二人。一人は、グレーの背広、ネクタイは、ない。身長一七五、六センチ。やせ形だ。もう一人は、一六五、六センチ。小太り。チェックの上衣《うわぎ》。二人ともサングラス」

「了解」

西本と日下は、東京駅に着くと、東北新幹線「やまびこ55号」の切符を買った。仙台までの切符である。

22番ホームに向かって、改札を通る。中年の男の二人連れが、同じ改札を抜けようとしたとき、田中と片山の二人の刑事が、その前に立ちふさがった。警察手帳を見せて、

「お二人を、窃盗《せっとう》容疑で、逮捕します。われわれと一緒に駅長室まで来てください」

「何をバカなことをいってるんだ？」

二人連れの片方が、声をあげた。

「待合室で、お二人に、十二万円入りの財布を盗まれたという人が、訴えてきているんです」

「関係ない！」

「とにかく、詳しい話を聞きたいので、駅長室に一緒に来ていただきたい」

「関係ないんだ！　われわれは、あの列車に乗りたいんだ。出てしまうじゃないか」

「とにかく、簡単にすむので、同道してください」

「列車が出てしまうぞ！」

「抵抗すれば、公務執行妨害で逮捕します」

「あッ、出てしまったじゃないか。どうしてくれるんだ？」

「とにかく、一緒に駅長室まで、来てください」

と、田中は、わざと、ねちっこく、二人にいった。

腕をつかんで、新幹線の駅長室に、二人を連れて行った。

そのあと、片山刑事が、

「少し待ってください。今、あなた方を訴えた被害者を呼びますから」

といい、駅長室の外に出て、二人は、十津川に、連絡した。

「今、西本、日下の二人が、やまびこで、仙台に向かいました。尾行していた中年男二人は、駅長室で、もっともらしく訊問《じんもん》をするつもりです」

「静かにやれ」

と、十津川が、いった。

田中と片山は、わざと、ゆっくり駅長室に戻った。案《あん》の定《じょう》、二人の男は、姿を消していた。

「止めようとしたんですが、何しろ、すごい見幕《けんまく》で」

と、駅長が、申しわけなさそうにいう。

「いや。名前、住所など聞いているので、もう一度、逮捕します。ご協力、感謝します」

と、田中がいい、二人は、駅長室を出た。

十六時三十七分。定刻に、「やまびこ55号」は仙台に到着した。

二人の刑事は、タクシーに乗ると、まっすぐ、「仙台　かき一番」という料亭に向かった。問題のタカちゃんが、その店で働いていると、聞いていたからである。

広瀬川《ひろせがわ》に面した、大きなかき専門の店だった。ここで、彼は、仕入れのトラックの運転手をやっていた。住込みの運転手である。

その店で、タカちゃんこと高野茂《しげる》に出会えた瞬間、二人の刑事は、ホッと、胸をなで下ろした。

取りあえず、十津川に、高野を確保したことを伝え、次に、近くのホテルに高野と、チェック・インした。

ホテルで夕食の時、岡野和義のことを聞くと、高野は、やおら、ポケットから、小型のボイスレコーダーを取り出した。

「これは、岡さんから、預かったものです。自分に何かあったら、これを警察に渡してくれといわれたんですが、あたしは怖《こわ》くなって、ここに逃げてしまったんです」

と、いう。

二人が「再生」のボタンを押すと、中西昭と、岡野和義の会話が、聞こえた。

中西が、まず、岡野が所属していた劇団クレイジイ・キャットを讃《ほ》めあげ、もし、よければ、資金援助をしたいといい、岡野がお礼をいって、一回目の話し合いは、終っている。

二回目は、中西は、もう少し具体的に、クレイジイ・キャットの再建についての援助を話している。そして、その話のあと、実は、頼みたいことがあると、つけ加えているが、具体的な話にはなっていなかった。

用心深いのだ。多分、何回も会って、岡野和義が、自分の思い通りに動く人間かどうか、推《お》し測《はか》っていたのだろう。

ボイスレコーダーを聞いていくと、結局五回目の話し合いで、岡野が承知し、中西は、前金として五百万円、後金として五百万を約束している。

「この一千万円は、どうなったんですか？」

と、田中が、きいた。

今度も、高野は、黙って、五百万の札束を、バッグから取り出した。

「岡さんは、最後まで中西という男を信用してなかったんですよ。だから、前金の五百万が振り込まれると、すぐ、下ろして現金を、あたしに預けたんです」

「後金の五百万は？」

片山が、きくと、高野は小さく笑って、

「向こうも、結局、岡さんを信用できなかったんでしょうね。後金の五百万を払う代りに、岡さんを永遠に黙らせることにしたんですよ」

と、いった。

「中西が、どうして、岡野さんを知っていたんでしょうか？」

「岡さんの話では、たった一回、中西が、クレイジイ・キャットの公演を見たことがあったらしいのです。その頃から、岡さんは、あんな恰好をしていたので、中西は、強く印象に残っていたんじゃありませんか。とにかく、目立つ証人が欲《ほ》しいと思った時、岡さんのことを、思い出したみたいです」

「最後にもう一つ。姨捨駅で岡野さんが、偶然のように、亀井刑事と出会っていますが、どうやったのか、聞いていませんか？」

「岡さんから聞いたんですが、連中は、何とかして、事件を担当した刑事さんと、岡さんを偶然に見せかけて、出会うようにしたいと、狙っていました。そこで、担当刑事さんの性格や趣味を調べたそうです。亀井さんの趣味が旅行だということも分かった。その亀井さんが、二日間の休みを取ったので、亀井さんを、標的に決め、尾行したそうです。旅行に出かけたと、分かったので、亀井さんの家に電話をかけ、古い友人を装《よそお》って、至急会いたいといったところ、お子さんから、姨捨駅に行ったときいて、すぐ岡さんに、例の恰好をさせて、姨捨駅に先廻りさせたと、いっていました」

と、高野がいった。これは、意外に簡単だったという。

「これが上手《うま》くいかなかったら、連中は、どうするつもりだったんですかね？」

「これも、岡さんが、いってたんですが、最後には、連中が、苦心のすえ、岡野和義を発見した形で、弁護側の証人として、出廷させることになっていたそうです」

すでに、深夜である。それでも、二人の刑事は、高野の話と、五百万円の現金のことを、十津川に伝えた。

その報告が終ると、十津川が、いった。

「実は、ここに、今回の公判を担当する予定の佐々木《ささき》検事が来ておられたんだ。公判の前に、何とか自信を持ちたいといわれてね。そこに、君たちの電話が入った。ありがとうといわれて、今、帰られた」

初出……『小説NON』に掲載後、下のノン・ノベルに収録されました（いずれも小社刊）。
一期一会《いちごいちえ》の証言　平成二十五年二月号　『十津川警部　怪しい証言』同年五月刊
百円貯金で殺人を　平成二十四年二月号　『十津川直子の事件簿』同年五月刊
だまし合い　平成二十六年二月号　『十津川警部　悪女』同年五月刊
姨捨《おばすて》駅の証人　平成二十七年二月号　『十津川警部　裏切りの駅』同年五月刊
本作品はフィクションであり、実在の個人・団体などとはいっさい関係ありません。

一〇〇字書評

切り取り線

購買動機（新聞、雑誌名を記入するか、あるいは○をつけてください）

□（　　　　　　　　　　　　　　　　）の広告を見て
□（　　　　　　　　　　　　　　　　）の書評を見て
□ 知人のすすめで　　　　　□ タイトルに惹かれて
□ カバーが良かったから　　□ 内容が面白そうだから
□ 好きな作家だから　　　　□ 好きな分野の本だから

・最近、最も感銘を受けた作品名をお書き下さい

・あなたのお好きな作家名をお書き下さい

・その他、ご要望がありましたらお書き下さい

住所	〒				
氏名		職業		年齢	
Eメール	※携帯には配信できません	新刊情報等のメール配信を 希望する・しない			

この本の感想を、編集部までお寄せいただけたらありがたく存じます。今後の企画の参考にさせていただきます。Eメールでも結構です。

いただいた「一〇〇字書評」は、新聞・雑誌等に紹介させていただくことがあります。その場合はお礼として特製図書カードを差し上げます。

前ページの原稿用紙に書評をお書きの上、切り取り、左記までお送り下さい。宛先の住所は不要です。

なお、ご記入いただいたお名前、ご住所等は、書評紹介の事前了解、謝礼のお届けのためだけに利用し、そのほかの目的のために利用することはありません。

〒一〇一 - 八七〇一
祥伝社文庫編集長 坂口芳和
電話 〇三（三二六五）二〇八〇

祥伝社ホームページの「ブックレビュー」からも、書き込めます。
http://www.shodensha.co.jp/bookreview/

祥伝社文庫

十津川《とつがわ》警部《けいぶ》　姨捨駅《おばすてえき》の証人《しようにん》

平成28年10月20日　初版第1刷発行

著　者　西村《にしむら》京太郎《きようたろう》
発行者　辻　浩明
発行所　祥伝社《しようでんしや》
東京都千代田区神田神保町3-3
〒101-8701
電話　03（3265）2081（販売部）
電話　03（3265）2080（編集部）
電話　03（3265）3622（業務部）
http://www.shodensha.co.jp/

印刷所　萩原印刷
製本所　関川製本
カバーフォーマットデザイン　芥 陽子

造本には十分注意しておりますが、万一、落丁・乱丁などの不良品がありましたら、「業務部」あてにお送り下さい。送料小社負担にてお取り替えいたします。ただし、古書店で購入されたものについてはお取り替え出来ません。

Printed in Japan ©2016, Kyotaro Nishimura ISBN978-4-396-34249-4 C0193

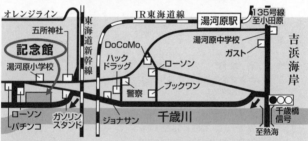

西村京太郎ファンクラブのお知らせ

会員特典（年会費2200円）

◆オリジナル会員証の発行
◆西村京太郎記念館の入場料半額
◆年2回の会報誌の発行（4月・10月発行、情報満載です）
◆抽選・各種イベントへの参加（先生との楽しい企画考案中です）
◆新刊・記念館展示物変更等のハガキでのお知らせ（不定期）
◆他、追加予定!!

入会のご案内

■郵便局に備え付けの郵便振替払込金受領証にて、記入方法を参考にして年会費2200円を振込んで下さい　■受領証は保管して下さい　■会員の登録には振込みから約1ヶ月ほどかかります　■特典等の発送は会員登録完了後になります

[記入方法] **1枚目**は下記のとおりに口座番号、金額、加入者名を記入し、そして、払込人住所氏名欄に、ご自分の住所・氏名・電話番号を記入して下さい

郵便振替払込金受領証　　窓口払込専用

口座番号	00230-8-17343	金額	2200
加入者名	西村京太郎事務局	料金（消費税込み）	特殊取扱

2枚目は払込取扱票の通信欄に下記のように記入して下さい

通信欄
(1) 氏名（フリガナ）
(2) 郵便番号（7ケタ）※必ず7桁でご記入下さい
(3) 住所（フリガナ）※必ず都道府県名からご記入下さい
(4) 生年月日（19××年××月××日）
(5) 年齢　　(6) 性別　　(7) 電話番号

※なお、申し込みは、郵便振替払込金受領証のみとします。
メール・電話での受付は一切致しません。

■お問い合わせ（西村京太郎記念館事務局）
TEL 0465-63-1599

〈祥伝社文庫　今月の新刊〉

西村京太郎
十津川警部　姨捨《おばすて》駅の証人
無人駅に立つ奇妙な人物。誤認逮捕か、アリバイ工作か!?　初めて文庫化された作品集！

大下英治
逆襲弁護士　河合弘之
バブル時代は経済界の曲者と渡り合った凄腕ビジネス弁護士。現在は反原発の急先鋒！

野中　柊
公園通りのクロエ
黒猫とゴールデンレトリバーが導く、奇跡のようなラブ・ストーリー。

南　英男
殺し屋刑事《デカ》
俺が殺らねば、彼女が殺される。非道な暗殺指令を出す、憎き黒幕の正体とは？

浦賀和宏
緋《あか》い猫
息を呑む、衝撃的すぎる結末！　猫を残して、恋人は何故消えた？　イッキ読みミステリー。

辻堂　魁
待つ春や　風の市兵衛
誰が御鳥見役を斬殺したのか？　藩に捕らえられた依頼主の友を、市兵衛は救えるのか？

門井慶喜
かまさん　榎本武揚《えのもとたけあき》と箱館共和国
幕末唯一の知的な挑戦者！　理想の日本を決して諦めなかった男の夢追いの物語。

長谷川卓
戻り舟同心　逢魔刻《おうまがとき》
長年にわたり子供を拐かしてきた残虐な組織。その存在に人知れず迫り、死んだ男がいた…。

睦月影郎
美女百景　夕立ち新九郎・ひめ唄道中
武士の身分を捨て、渡世人になった新九郎。鳥追い、女将、壺振りと中山道は美女ばかり？

原田孔平
月の剣　浮かれ鳶《とんび》の事件帖
男も女も次々と虜に。口は悪いが、清々しさがたまらない。控次郎に、惚れた！

佐伯泰英
完本 **密命**　巻之十六　烏鷺《うろ》　飛鳥山黒白《あすかやまこくびゃく》
娘のため、殺された知己のため、惣三郎は悩み、戦う。いくつになっても、父は父。